「あっ……、待って、エーリヒ」
慌てて離れようとするが、それよりも早く、
エーリヒが再びクロエをその腕の中に閉じ込める。
「もう、離して！　朝ご飯作らないと……」

エーリヒ
近衛騎士。
騎士団長であるクロエの父の
配下で、見習い騎士として
彼女の屋敷にいたことがある。
クロエと一緒に旅に出る。
クロエ
メルティガル侯爵家の娘で、
第二王子キリフの婚約者。
前世は橘美沙という日本人で、
クロエとして転生していたことを
ある日思い出した。
婚約破棄されたことをきっかけに、
自由に生きるため旅立つ。

キリフ
アダナーニ王国の第二王子。
クロエの婚約者だったが、
彼女に婚約破棄を突きつけた。
カサンドラ
キリフの異母妹《いもうと》で、この国の王女。
強い力を持つ魔女で、
エーリヒのことを気に入っている。
アリーシャ
マードレット公爵家の令嬢。
王太子ジェスタの婚約者。
サージェ
移民出身の魔導師で、
魔法ギルドの正職員。

「クロエが選んだのは俺だ」
背後からクロエを抱きしめ、選ばれたのは自分だと、
誇らしげに言うエーリヒに、クロエもそっと身を預ける。
「私こそ、あなたが選んでくれたから、
こうして生きていけるのに」

婚約破棄されたので、好きにすることにした。
著／櫻井みこと
Illustration／砂糖まつ

Contents

イラスト／砂糖まつ
デザイン／フクシマナオ（ムシカゴグラフィクス）
編集／庄司智

第一章

胸が痛かった。

苦しくて、切なくて。このまま死んでしまいたいと思うくらいだった。

涙が頬を伝って零《こぼ》れ落《お》ちていく。

手足が震えている。

とうとう足の力が抜けて、その場に座り込んでしまった。

(何これ……。どうして、こんなことに?)

絶望が心を埋め尽くしているのに、何を悲しんでいるのか、まったくわからない。

それでも震える手足に力を入れて、何とか体勢を整えた。

(落ち着いて、ゆっくりと考えてみよう)

深呼吸をして、それから周囲を見回してみる。

美しく着飾った人々が、こちらを遠巻きに見つめていた。

彼らの反応はさまざまで、ある人は忌まわしそうに、ある人は同情するようにこちらを見つめている。

そして目の前に、ひとりの男性が立っていた。

煌《きら》めく金色の髪をした、なかなか整った顔立ちの青年で、きちんと正装をしていた。

見た目だけなら、極上。

でも彼は、とても冷たい目をしてこちらを見ている。

（私は誰？　この状況は、どういうことなの？）

必死に自分の名前を思い出そうとした。

すると脳裏に浮かんだのは、なぜかふたつの名前だった。

ひとつは、橘《たちばな》美沙《みさ》。

二十八歳で、地方公務員をしていた。

趣味がたくさんあって、休日はいつも外出しているような、活動的な人間だった。

もうひとつは、クロエ・メルティガル。

メルティガル侯爵家の娘で、このアダナーニ王国の第二王子、キリフの婚約者である。

クロエの年齢は十七歳。

気弱で、父や婚約者のいいなりだったようだ。

（ああ、そうだった……）

名前を思い出すと、少しずつこの状況が理解できるようになった。

「今」の自分の名前は、クロエ・メルティガルだ。

色素の薄い金色の髪に、水色の瞳。白い肌。

全体的に色彩が淡く、ぼんやりとした印象でおとなしい娘だったので、周囲からは地味な令嬢と蔑まれていた。

父であるメルティガル侯爵は騎士団長で、これがまた絵に描いたような男尊女卑の男だ。

大切なのは、息子たちだけ。

娘である自分はもちろん、妻である母でさえ、父にとってはただの道具に過ぎない。

目の前に立って、こちらに凍りつくような視線を送っているこの青年――。第二王子キリフとの結婚を命じたのも、その父だ。

婚約者になることはできたが、実際に結婚するまでは安心できない。どんな手段を使っても、王子の心を射止めろ。

父にそう命じられたが、今まで父と兄以外の異性と話したことのないクロエには、どうしたらいいのかわからなかった。

ただ王子に付きまとい、何とか自分の存在を王子に認めてもらおうとした。

それは逆効果でしかなかったと、クロエではないもうひとりの自分が呆《あき》れている。

記憶を巡らせてよく考えてみると、橘美沙というのは、クロエの前世のようだ。

日本という国でごく普通の生活をしていた美沙は、原因はまったく思い出せなかったが、死んでしまったらしい。

そして、このクロエという少女に転生した。

(異世界転生って、本当にあるのね?)

座り込んだまま、建物にも視線を巡らせる。

ヨーロッパ風の、美しく豪奢《ごうしゃ》な王城。

周囲にいる人たちも皆、華やかなドレスを着ている。

どうやら美沙は、ファンタジー漫画のような世界に、侯爵家の令嬢クロエとして生まれたらしい。

そんなクロエだったが、何だかとてつもなくショックなことがあって、それが原因で前世を思い出してしまったようだ。

（えーと、何があったのかな）

美沙としての意識がはっきりとした途端、死にたくなるような切なさや悲しさは薄れていた。

冷静に、今までのクロエとしての人生を思い出してみる。

王城で開催された夜会。

クロエは婚約者のキリフではなく、兄のエスコートで会場を訪れていた。

キリフはクロエを迎えに来ないばかりか、装飾品やドレスも贈ってくれなかったのだ。

時間ギリギリまで待ったが彼からの連絡はなく、父にきつく叱咤《しった》されながら、慌てて会場に駆けつけたのだ。

そこでクロエが見たのは、美しい男爵令嬢をエスコートする、キリフの姿。

彼はクロエには向けたことのない優しい笑顔で、彼女の手を取っていた。

それを見た瞬間、ショックで頭に血が上り、気が付けば彼女に詰め寄っていた。

「キリフ様は私の婚約者です。取らないでください！」

父から叱咤される恐怖と、キリフから捨てられる恐怖。そのときのクロエの胸にあったのは、そのふたつだけだった。

キリフは冷たい顔で彼の腕に縋《すが》ったクロエの手を、振り払った。

ぱしりと手を打たれ、絶望で視界が歪《ゆが》む。

「私はお前などのものではない。思い上がるな」

冷たい声。

凍りつくような視線。

クロエは震えて座り込み、そのショックで前世の記憶を思い出した。

（なるほど。そんな状況かぁ）

記憶を取り戻したばかりの今の状態だと、橘美沙として生きた記憶の方が強く、クロエの人生はどこか他人事《ひとごと》のように感じる。

クロエとしての記憶も、少しあやふやなくらいだ。

それに目の前のキリフの表情を見れば、どれだけ彼がクロエを嫌っているのかわかる。そんな女性に付きまとわれ、大切に思っている恋人を責められて、さぞ不快だったろう。

（でも、そんなに嫌ならさっさと婚約を解消すればいいじゃない。婚約したまま相手を無視して、さらに連絡もせずにエスコートを拒んで、公衆の面前でその手を払いのけるなんて）

たしかにクロエも悪かった。

どうしたらいいのかわからなかったとはいえ、ただ付きまとうだけなんて、迷惑でしかなかっただろう。

でも、クロエだけが悪いとは思わない。

彼は政治的な繋《つな》がりを持つクロエとの婚約を維持したまま、自分は美しい令嬢との恋愛を楽しんでいたのだ。

クロエの目の前で、恋人を庇《かば》うように回された手。

その手で彼は、クロエを激しく打ち払った。

自分は王子だから、浮気をしても許されるとでも思っているのだろうか。

（さて、どうしよう？）

冷たい目で見下ろすキリフを見上げながら、クロエは思う。

公衆の面前でこんな失態を犯した娘を、婚約者であるキリフに取り入るどころか激怒させたクロエを、父は許さないだろう。

婚約者に手を振り払われたとき、覚えのある痛みだと思った。

おそらく父は、娘に手を上げている。

クロエはそんな父が恐ろしくて、ただ言われるままキリフに付きまとったのだ。

（こうしてみると、クロエだって彼に恋心なんて抱いていないわね。ただ、父親が怖いから命令に従っていただけだわ）

こんな婚約は、どちらにとっても不幸になるだけだ。

きっとこのまま結婚しても、彼は浮気をする。

クロエは、お飾りの妻にしかならないだろう。

もしキリフと結婚しなかったとしても、あんな家族と一緒にいてしあわせになれるとは思えな

い。

　せっかく生まれ変わったのだから、もっと人生を楽しみたい。

　それに、クロエはどうやら魔法が使えるようだ。

　記憶の中のクロエは、何となく自分の中に宿る魔力の存在に気付いていながらも、その力が怖くて、必死に隠していたようだ。

　だからクロエが魔法を使えることは、婚約者であるキリフはもちろん、父も知らないだろう。

　この国では魔法が使える者はほんの一部しかいない。

　もし周囲が、クロエが魔法を使えることを知っていれば、その評価はもっと違うものになっていただろう。

　だがこの魔法があれば、貴族ではなくなっても生きていける。

（平民として、冒険者になるのも楽しそうね）

　家を出よう。

　そして、好きに生きよう。

　そう決意したところで、キリフが苛立《いらだ》ちを込めて言った。

「お前がそんな女だとは思わなかった。態度を改めないのならば、婚約を解消するしかないな」

　態度を改めなければならないのは、どちらか。

　思わずそう言いそうになるのを、何とか堪える。

　ここでクロエが反論すれば、ますます興奮して喚《わめ》きたてるに違いない。それはとても面倒だし、周囲の人たちにも迷惑だ。

（まぁ、興味本位で眺めている人と、他人の不幸が大好きな人たちばかりみたいだけど）

女性の扱いから考えても、ここはあまり良《い》い国ではなさそうだ。

おそらく父はキリフに、従順で、何でも言うことを聞くおとなしい娘だと言っているのだろう。

この国では、いまだに女は男の言うことを聞くべきだと考える者は多い。

婚約者であるキリフも、そういう男性だった。

それでも今は、王妃を中心に女性の社会進出が推奨されている。女性を侍女としてだけではなく、文官として登用する案も出ているくらいだ。

それなのに、側妃《そくひ》の子とはいえ、よりによって第二王子であるキリフが、父と同じような残念な頭をしていたとは。

だが、せっかく向こうから婚約破棄を申し出てくれたのだ。

ここは全力で乗っかるべきだろう。

「はい、承知しました」

そう言って、立ち上がる。

今まで絶望の表情を浮かべて嘆いていたクロエが、急に満面の笑みで立ち上がったのだ。

当然のように周囲は騒《ざわ》めいた。

「何だと？」

向こうの提案を承諾しただけなのに、なぜかキリフは激高した。

「私に逆らうつもりか！」

逆らうも何も、婚約を破棄すると言われ、それを承諾しただけなのに、どうしてそんな言葉が出てくるのか。

クロエは首を傾《かし》げた。

彼の思考が理解できない。

「私は殿下のお言葉に従うだけです。殿下が婚約を解消するとおっしゃるのであれば、それを受け入れます」

それだけ告げると、踵《きびす》を返してその場を立ち去る。

（さてと。これから忙しいわ。お父様に見つかる前に、屋敷《やしき》を出て行かなくては）

見つかってしまえば、激怒した父にどんな目に遭わされるかわからない。キリフに許しを請うように、命じられる可能性もある。

（そんなのは嫌。私はこれから自由に生きるのよ）

前世の記憶が蘇《よみがえ》る前のクロエは、あまりにも従順すぎた。今のクロエは、自分を虐げる人間に黙って従うべきではないと思う。

「ん？」

ふと何かに気が付いて、クロエは足を止めて会場を見回した。

どこからか魔法の気配がする。

誰かがこちらを監視しているのかもしれない。

些細《ささい》なものだが、今のクロエには邪魔だった。

「消えて」

クロエが呟《つぶや》いただけで、その魔法は霧散する。

（うん、これでいいわ）

監視の目が完全になくなったことを確認して、再び走り出した。


魔法を使える者には、三種類の人間がいる。

魔導師と呼ばれているのは、魔力を持って生まれた者たちで、彼らは自らの魔力で呪文を唱えて魔法を使う。

魔力はないけれど、魔法を学び、魔導師が作った魔石を媒介として魔法を使うのが、魔術師と呼ばれる者たちだ。

魔力を持っている者はとても少なく、魔法を使える者のほとんどが、この魔術師だった。

そして最後が、魔女である。

女性だけが生まれ持つ資質で、魔導師とは桁違いの魔力を持ち、呪文も魔石も必要ない。

それは、ただ願っただけで、すべてを叶《かな》えてしまうほどの強い力だ。

本人は知らなかったが、クロエはその「魔女」だったのだ。

だから普通の魔法など、邪魔だと思うだけで吹き飛んでいく。

後ろで婚約者だったキリフが、まだ叫んでいる。

望み通りに婚約を解消したというのに、何が不満なのだろう。

(うるさいなぁ。いろいろと考えなきゃいけないんだから、静かにしてほしいのに)

そう思った途端、周囲が静かになった。

これで考えごとに集中できる。

(うん、これでいいわ。まず屋敷に戻って旅支度をしましょう)

クロエはそのままメルティガル侯爵家の馬車に乗って、屋敷まで急いだ。

出迎えてくれた執事や侍女が驚くほどの速度で自分の部屋に戻り、手早く着替えをする。

もちろん、父の手先である執事や侍女が入ってこられないように、扉は魔法で施錠済みだ。

夜会用のドレスを脱ぎ捨てて、クローゼットを開いた。手頃な鞄《かばん》を取り出して、旅支度を始める。

「うーん、動きにくそうなドレスしかないなぁ」

父の命令なのか地味なドレスばかりだが、それでもさすがに貴族令嬢だ。普通に町を歩けるようなものではない。

「仕方ない。これでいいかな?」

その中でも一番質素なドレスに着替えると、クローゼットにあった宝石をすべて袋に入れる。さすがに無一文ではすぐに野垂れ死にだ。

クロエに与えられたのは微々たるものだが、換金すれば当面の生活費にはなるだろう。

そして、寝室の窓から外に出た。

(お父様、お兄様、さようなら。もう二度とお会いしませんように)

クロエの人格しかなかった頃は恐ろしくて仕方がなかった父と兄だが、今では不当な扱いに対する怒りしかない。

もちろん、婚約者だったキリフに対しても同じように。

それぞれがそれなりにイケメンで、自分に自信がありそうなところも嫌いだ。

(みんな、靴の中に小石が入ってしまえばいいのよ。歩く度に、痛みと煩わしさに悩めばいいわ)

その様子を想像すると、少しだけ心が晴れた。

もうひとり異母弟もいたが、会ったことはなかったので、除外しておく。

クロエは、自分が魔女であること、願っただけでそれが叶えられてしまうことを、まだ知らなかった。

唯一の心残りは母のことだ。

(お母様、黙っていなくなってごめんなさい)

母も連れて出ようかと思ったが、母もまた、女は男に従うべきだと考えている人間だ。

幼い頃からそう言われ続けてしまえば、そんな考えになっても仕方がないのかもしれない。

クロエだって、前世の記憶が蘇らなければ、母のような女になっていた。

生まれたときから鳥籠で飼われていた鳥は、外では暮らせない。

母はいくらクロエが説得しても、父に逆らってはダメだとしか言わないだろう。

母のしあわせを祈りつつ、ここで別れるしかないだろう。

屋敷から抜け出してしばらく走ったところで、クロエは一度立ち止まった。

ここまで逃げれば、すぐに見つかることはないだろう。

まず父も婚約者だったキリフも、クロエが屋敷から逃げ出すなんて思わないに違いない。

だから少し落ち着いて、これからどうするかしっかりと考えて行動しなければと思う。

ある程度は魔法で何とかなるだろうが、まだ魔法が使えることを自覚したばかり。自分に何ができるのかも、把握していない。

無理は禁物だ。

（まずは服装と、資金ね。このままでは目立つわ）

町に行って小さな宝石をいくつか売り払い、服と旅支度を整えなければならない。

（ああ、でも女ひとりじゃ、足もとを見られて買い叩《かたた》かれそう。不審に思われて、通報されたら面倒だし……）

一番地味なものとはいえ、ドレスを着て町を歩くのは目立ちすぎる。

せめてローブでもあればよかったのだが、外出などほとんどしないクロエのクローゼットには室内着しかなかった。

周囲を見渡しながら目立たない道を歩こうと、誰もいない裏通りに足を踏み入れる。

ゲームやファンタジー小説から得た前世の知識で考えてみると、こういう大きな町には、大抵どんなものでも買い取ってくれる闇市場があるものだ。

でも、女ひとりで行けるようなところではなさそうだ。

いくら王妃が改革を行おうとしても、長年の習慣は容易には変わらない。

しかも近年は非公式な移民も多く、治安が悪化していると、侍女たちが噂《うわさ》をしていた。

（いずれこの国を出るとしても、当分の間は相棒が必要ね。女性を蔑視していなくて、ある程度腕が立つ。そんな男の人がどこかに落ちていないかしら……）

そんなことを考えながら歩くクロエに、背後から声を掛けた者がいた。

「どこに行くのですか、クロエお嬢様」

「……えっ」

びくりと身体《からだ》を震わせて振り返ると、そこにはひとりの男性が立っていた。

美しい銀髪に、サファイアのように澄んだ青色の瞳。

すらりとした長身に白い騎士服を纏《まと》っている。

「……エーリヒ」

彼は昔、騎士団長である父の配下だった頃、見習い騎士として屋敷にいたことがある。

冷たく見えるほどの美貌と見事な剣の腕で王女殿下に気に入られ、今は近衛《このえ》騎士に出世している。

彼はやや年下のクロエを、お嬢様と呼んでいた。

「お嬢様が魔法を使えたなんて、驚きました。今までよく隠していましたね」

「お父様に言われて、私を連れ戻しにきたの？」

いくら魔法が使えても、誰にも教わったことのない素人の魔法だ。

あの父が称賛するほどの剣の使い手であるエーリヒに、敵《かな》うとは思えない。

（でも、あの屋敷に戻るのは絶対に嫌。私は自由に生きたいの）

覚悟を決めて身構えるクロエに、エーリヒはあっさりと首を振る。

「違いますよ。俺はもう近衛騎士ですから、団長の命令を聞く理由はありません」

「え？」

あっさりとそう言う彼に、クロエは疑いの目を向ける。

「じゃあ、どうして私を追ってきたの？」

「お嬢様がキリフ王子殿下に婚約を解消されて、急いで逃げ出すところを目撃しまして。便乗させていただこうかな、と思って後を付けました」

「び、便乗？」

「はい。俺も王女殿下から逃げ出したいと思っていましたので。ずっと監視が厳しくて逃げ出せなかったのですが、お嬢様の魔法のお陰で助かりました」

氷の騎士と称されるほどの冷たい美貌が、にこりと人懐っこい笑みを浮かべる。あの監視魔法はクロエを見張っていたものではなく、彼に掛けられていたようだ。

「あ、この服装は目立ちますね。着替えますのでお待ちください」

そう言うと彼は、クロエの目の前で着替えをしだした。あまりのことに呆然《ぼうぜん》として、思わず凝視してしまう。

「そこは頰を赤らめて、悲鳴を上げるところだと思うのですが」

「……そんな気力もなかったわ」

エーリヒは旅の剣士のような服装になると、大きな布袋から、魔導師が着るようなローブと町娘のような服を取り出した。

「お嬢様もこれに着替えてください。さすがにドレスは目立ちますので」

用意がよすぎる彼を、思わず不審そうな目で見てしまう。

だが、目立てばそれだけ見つかる危険性が高まる。仕方なく差し出されたローブを受け取った。

「お嬢様も見たんだから、俺も着替えを見ていいですか？」

「いいわけないでしょう！」

思わずクロエにはあり得ない口調で怒鳴ると、エーリヒは驚いた素振りも見せずに、残念そうに後ろを向いた。

「ちゃんと見張っていますから、大丈夫です」

「……絶対に振り向かないでね」

誰も見ていないとはいえ、まさか外で着替えをすることになるとは思わなかった。

（でも好都合じゃない？　クロエの記憶によると、エーリヒは優しかったし、腕も立つわ。向こうが私に便乗したって言うなら、王都を出るまで、傍《そば》にいてもらおうかな？）

まさか、こんな極上品が落ちているとは思わなかった。

しかも着替えまで用意してくれたなんて。

クロエはさっさとドレスから簡素な服装に着替えると、後ろを向いたままのエーリヒに声を掛けた。

「ありがとう。もういいわ」

彼は振り返り、ひとりでさっさと着替えた様子に少し驚いたようだ。

「これ、どうやって着るの、とか言われるのを期待していたんですが」

「何を言っているの。エーリヒ、ちょっと性格変わっていない？」

氷の騎士の名にふさわしい、もっとクールで陰のある感じだったような気がする。

「そういうお嬢様こそ、婚約を解消されたときとは比べものになりませんよ。あれは芝居ですか？」

「まぁ、そんな感じかな？」

まさか前世の記憶が蘇りました、なんて言えない。

あいまいに誤魔化すと、彼は大袈裟《おおげさ》に驚いて、舞台女優になれるんじゃないですかと笑った。

「さて、これからどうするつもりですか？」

「闇市場で、宝石を売ろうと思っていたの」

「奇遇ですね。俺もそうです。王女殿下から頂いたものですが、まったく好みではないので」

「……」

エーリヒはよほど、王女が嫌いだったらしい。

「とても可愛《かわい》らしい方だったと思うけれど」

「……俺にはとても、そうとは思えませんね。あのキリフ殿下の妹ですから。俺のことなんか、自分の言うことを何でも聞いてくれるお人形としか思っていませんよ」

彼もどうやら相当苦労をしていたらしい。

クロエはようやく警戒を解いて、彼に向き直る。

「もしよかったら、闇市場に一緒に行ってくれないかしら。さすがにひとりでは不安だったの」

クロエの申し出に、エーリヒはあっさりと頷《うなず》いた。

「俺でよければ喜んで。勝手に便乗しましたが、お嬢様の魔法には助けられましたから」

彼はそう言って、手を差し伸べてきた。

クロエは少し躊躇《ためら》ってから、その手を握る。

エーリヒは嬉《うれ》しそうにクロエの手を引いて歩き出した。

「換金したら、どうします？」

「冒険者になって、王都を離れようと思っていたの。私は魔法が使えるから」

「なるほど。では、剣士の相棒なんてどうですか？　これでも腕に自信はあります。お嬢様を守ることはできますよ」

「……そうね」

エーリヒの申し出に、クロエはしばし考え込む。

せめて王都を出る間だけでも、相棒が欲しいと思っていたところだ。

エーリヒなら剣の腕も確かだし、何よりも幼い頃からよく知っている相手である。彼が王女に見初められ、近衛騎士として王城に移動してしまったとき、「クロエ」はとても悲しんだ。

それに彼ならば、クロエに何かを強要することはないだろう。

「ええ、いいわ。でもお嬢様はやめて。これからは相棒なんだから、クロエと呼んでほしいの。敬語もなしよ」

エーリヒはそんなクロエを見つめると、見惚《みほ》れるほど綺麗《きれい》な笑みを浮かべた。

「わかった。クロエ、ふたりで行こうか」

婚約を破棄したので、これからは好きに生きようと思う。

相棒となった、彼と一緒に。

これからの未来を夢見て、クロエは微笑《ほほえ》んだ。


その日はふたりで小さな宿に泊まり、翌日に行動を開始することにした。

だが、もう時間が遅かったこともあり、部屋はひとつしか空いていなかった。

「え、ひとつだけ？」

動揺するクロエの前で、エーリヒはあっさりとそれを承諾して、前払いの料金を支払っている。

「待って、本当に同じ部屋に泊まるの？」

「何をいまさら。着替えまで見せあった仲なのに」

「変なこと言わないでよ！」

慌てて彼の口を手で塞いで、周囲を見回す。

給仕らしき女性が頬を染めてこちらを見ていた。

「事実だけど？」

「あなたが勝手に服を脱ぎだしたのでしょう？」

「クロエ、声が大きい」

宿屋の奥にある飲食店にいた男たちから、からかいの声が上がる。

痴話げんかはよそでやれ、と言われて、クロエの頬が真っ赤に染まる。

もちろん、怒りのためにだ。

「まあ、俺のことはそんなに警戒しなくてもいいよ」

エーリヒはそんなクロエに、どこかのんきな声でそう言った。

「王女殿下のお陰で、完全に女性不信になっている。クロエでなければ、同室なんてこっちからお断りだ」

「……わかったわ」

おそらくクロエが父や兄、婚約者のせいで、他の男性を信用できないのと同じなのだろう。

そう言われてしまえば、もう強く拒絶することもできなくて、結局同じ部屋に泊まることにした。

どちらにしろ、部屋は空いていないのだから仕方がない。

最初は色々と余計な心配をしていたが、夜が遅かったこともあって、すぐに眠ってしまっていたらしい。

気が付いたらもう朝だった。

エーリヒも同じだったようだ。

お互い、ようやく籠の中から抜け出すことができて、少し気が抜けたのかもしれない。

「おはよう、エーリヒ」

化粧を落として、ぼんやりとした印象がますます強まった顔でクロエはそう言った。

朝陽《あさひ》に煌《きらめ》く銀髪に少し寝ぐせをつけたエーリヒが、寝惚《ねぼ》けた顔のまま、おはようと返した。

「ひさしぶりにゆっくり寝た。監視がないって素晴らしいな」

そう言って立ち上がり、目の前で着替えをしだした。

「！」

クロエは慌てて顔を逸《そ》らした。

（もう、急に着替えるのだけは、やめて欲しいわ）

騎士らしくない白い肌だったが、その身体はさすがに鍛えられていた。

「朝食を買ってくる。何がいい？」

「えっと、サンドイッチとフルーツを」

「わかった。すぐに戻る」

旅の剣士のような服装をしたエーリヒは、そう言って部屋を出て行った。クロエも、その間に慌てて着替えをする。

（同室なのは、まぁいいけど。宿代の節約にもなるし。でも着替えのときだけ、ちょっと困るかなぁ）

そう思いながら持ち出した荷物を整理していると、うんざりとした顔をしたエーリヒが戻ってきた。

「おかえりなさい。どうしたの？」

「しつこい女がいた」

女性が嫌いだというのは、本当のようだ。

これほど美形だというのに、何だかもったいないような気もする。

そんなことを考えているクロエの前に、彼は買ってきてくれたものを並べた。

具沢山のサンドイッチに、新鮮なフルーツの盛り合わせ。市場に行ってきてくれたのだろう。

「町が少し騒がしい。クロエのことを捜しているのかもしれない」

「私だけ？」

「王女殿下が俺を捜すとは思えない。それに、もし捜すのなら近衛騎士を使う。だから俺ではないな。闇市場には俺が行ってくるから、クロエはここで待っていてくれ」

「……うん、わかった。お願いしてもいい？」

「もちろんだ」

持ち出した宝石を彼に託した。

「気を付けてね」

「俺なら大丈夫だ。監視魔法がなくなったからな」

エーリヒは軽やかに笑って、出かけて行った。

よほど王女に悩まされていたようだ。気の毒なことである。

昼は宿屋にある食堂で食べるように言われていたので、時間になるのを待って下に降りる。

ここは宿屋が運営しているのではなく、店主が間借りして店を開いているようだ。だからか、宿屋の食堂というよりは、おしゃれな喫茶店のような場所だった。

(何がいいかな……。朝はサンドイッチだったから、パスタセットかな?)

量は少なめだが、綺麗に盛り付けられた料理はおいしそうだ。まさか父も、地味で人見知りの娘が喫茶店でランチを楽しんでいるとは思わないだろう。

ランチセットを食べたあとに、さらにアイスティーとケーキのセットを頼む。さりげなく周囲を観察しながら、お茶を楽しんだ。

さすがに貴族はいないが、身なりの良い若い女性達《たち》が楽しそうにおしゃべりをしている。

貴族よりも、ある程度裕福な庶民の女性の方が自由なのだろう。

(やっぱり庶民のほうが自由だし、楽しそう。私には貴族なんて性に合わないしね)

そう思うと、前世の記憶を思い出してすぐに婚約を解消することができたのは、幸運だったのかもしれない。

前世では自分の思うまま自由に生きてきたので、貴族の掟《おきて》やしきたりに縛られるのは嫌だった。

(うん、ケーキもおいしい。しっかり稼いで、世界各国のグルメを食べ歩くのも楽しそうね)

すでにクロエの心は、未来に向いていた。

父と兄、そして婚約者だった男のことなど、まったく頭に残っていない。

(人生は楽しまなくちゃ。せっかく異世界に生まれ変わったことだし、いろんな経験をしてみたいわ)

そんなことを考えていると、ふと、店内にいた女性達が騒がしくなった。何だろうと思い、声がした方向を見つめる。

「あ」

するとそこには、昨日相棒になったエーリヒの姿があった。

（ああ、やっぱり美形よね……。うん、これは騒ぎたくなる気持ちもわかるわぁ……）

一般的な剣士の服装だが、背が高くスタイルの良い彼には、まるでオーダーメイドの品のように似合っている。

煌く銀色の髪に、整った顔立ち。

真っ青な宝石のような瞳が店内を見渡し、クロエを見つけた途端に華やかな笑みを浮かべる。

「ごめん、遅くなったね」

彼を見て騒ぎ立てていた女性たちは、今度はこちらを見ながらひそひそと話し合っている。

（クロエは地味だからね……。どうせ似合わないとか、悪口を言っているのかもね）

記憶が戻る前のクロエならば、そんな言葉を聞けば涙ぐんで俯《うつむ》いたかもしれないが、今のクロエにとっては外野の声など雑音でしかない。

まったく気にすることなく、エーリヒに笑みを返す。

「ううん、大丈夫。むしろ物珍しくて、周囲を見ているだけで楽しかった」

「そうか。それならよかった」

優雅な動作で向かい側に腰を下ろしたエーリヒは、クロエを見つめる。

「食事は？」

「もうすんだわ。これはデザート」

「そうか。じゃあ成果は部屋に戻ってから話すよ」

エーリヒも簡単な軽食を頼んでいた。クロエのほうが明らかに食べる量が多かったが、見ないふりをする。

いくら食べても、その分消費すればいいのである。

ゆっくりと食事を楽しんだあと、ふたりで喫茶店を出て、宿屋にある部屋に戻る。

周囲にいた女性たちが何やら騒がしかったが、ちょっとうるさいな、と思っていたところで声が止《や》んだ。

(小声での悪口って、意外と聞こえるのよね)

クロエが地味だろうが、エーリヒと釣り合っていなかろうが、それぞれが一緒にいることを選んだのだ。外部の人間に、それをどうこう言う権利はない。

部屋に戻ると、さっそくエーリヒは成果を報告してくれた。

「宝石はすべて換金することができた。これがクロエの分だ」

そう言うと、布袋に入った金貨を渡してくれた。

「こんなにたくさん」

思っていたよりも重い袋に、感嘆の声を上げる。

「クロエが持っていたのはシンプルな宝石ばかりで、あまり裏がなさそうだったからな。普通の宝石として買い取ってもらえた」

「そうなんだ。ありがとう」

あまり派手なものを身に付けることは父が許さなかったから、装飾品も地味なものばかりだった。

でも、今回はそれが役立ったらしい。

（これくらいあれば、冒険者としての仕事が軌道に乗るまで、何とかなりそうね）

そのうち自分で、これ以上稼いでみせる。

そう決意して、金貨をしまう。

「これからどうする？」

クロエとしては、さっさと冒険者ギルドに登録をして王都を出たいところだ。

けれどエーリヒは、その提案に難しい顔をする。

「今、王都を出るのは、少し難しいかもしれない」

思っていたよりも警備が厳重だったと言われてしまえば、クロエも考えを変えざるを得ない。

「移民がたくさんいるって聞いたから、王都から出るのもそんなに難しくないと思っていたのに」

王都には他国からの移民がたくさんいて、治安の悪い場所もあるから危険だと、屋敷に勤める侍女たちが話していた。

「……その辺りは少し複雑でね」

もともと騎士だったエーリヒは、そう言って難しい顔をする。

「栄えている王都に、仕事を求めて集まる移民も多い。王都に入るのは比較的簡単だが、自由に出ることができるのは、この国の国籍を持つ者だけだからね」

「そうなんだ」

記憶を辿《たど》ってみたが、その辺りの事情は、クロエも詳しく知らなかった。

この国の王都は、出入口が別々になっている。

入国はそれほど厳しい制限がなく、正規の身分証明書がなくとも、商人や冒険者の恰好《かっこう》をしていれば、簡単に入れるという。

その分、出国は厳しく取り締まられていた。

それは、この国にまだ奴隷制度があったときの名残のようだ。

この国は、身分の差にとても厳しい。

一番上は、当然のように王族であり、次に貴族、そしてこの国出身の人間。

その下に、功績などが認められ、正式にこの国の国籍を取得した移住者が続く。国籍を得られず、ただ王都に住み着いた移民は、その最下層である。

当然、移民の待遇はあまり良くない。

安い給料で使われ、差別され、それが嫌で逃げ出そうとしても、一度王都に入ってしまえば、自由に出ることはできない。奴隷制度は禁止されたが、移民の扱いはほとんど奴隷と変わらないようなものだ。

だから仕方なく、この国の人たちは嫌がってやらないような仕事を、安い賃金で請け負わなくてはならないという事態に陥っている。

（何というか、蟻地獄《ありじごく》のような場所よね）

しかも、門を守るのは騎士たち。

クロエの父の部下だ。

いつもは城門だけを守っている騎士達が、出口だけではなく町中も歩き回っていると言う。

「それって、本当に私を捜しているのかしら？」

父にとって、役に立たなかった娘は、もう不要な存在でしかないと思っている。

一応、体面のために捜す素振りくらいするかもしれないが、行方不明になろうが野垂れ死にしようが、まったく関心を持たないと思っていた。

「私を捜す理由なんてあるの？」

「それは、もちろんあるさ。婚約を解消されたといっても、キリフ殿下が感情的にそう口にしただけのこと。そもそも王族の婚約を、そう簡単に解消できるはずがない。決めるのはキリフ殿下ではなく国王陛下だ」

「……うん、そうね」

言われてみれば、彼の言う通りだ。

これは侯爵家の娘と、第二王子の婚約である。クロエの意思はもちろん、キリフの意思だって関係のないことだ。

「それにキリフ殿下は、クロエが自分に夢中だと思っているから、捨てないでほしいと泣き叫んでほしかったと思うよ」

「え？」

まさかの答えに、クロエは不快そうに表情を歪める。

「そんなことしないわ。だって私は別に、キリフ殿下が好きだったわけではないもの。ただお父様が怖かったから従っていただけよ。それに、自分はあんなに綺麗な人を連れていたのに」

いくら政略的な結婚とはいえ、婚約者であるクロエに見向きもせず、堂々と恋人を連れて歩いていた。

それなのに、どうして愛されていると思っているのだろうか。

「本当に私がキリフ殿下を好きだったとしても、あんな扱いをされたら一気に冷めるわ」

「それが普通だな。だけど団長は、何か思惑があって娘をキリフ殿下に嫁がせたがっていたようだ。逃げたくらいでは諦めないと思うよ」

父の部下だったエーリヒは、侯爵ではなく団長と呼ぶ。

(それにしても、まさかお父様が私を捜していたなんて)

出世欲か、名誉欲か。

それとも、何か別の思惑があるのか。

「……たしかにあのお父様なら、何か企《たくら》んでそう。そのためなら、私を引《ひ》き摺《ず》ってでも連れ戻して、キリフ殿下に頭を下げさせるでしょうね」

これからの未来しか考えていなかったクロエは、そう簡単には自由になれない現実を突きつけられて、大きく溜息《ためいき》をついた。

「王都から出てしまえば、何とかなると思っていたのに」

「予定とは違うが、しばらくここに潜んで、向こうの様子を探ったほうがいい」

「はぁ……。それしかないわね」

明るい未来ばかり想像していた自分が甘かったのだと、クロエは反省するしかなかった。

(クロエなら、ちゃんと知っていたはず。あの父親がどれほど横暴で、娘のことなんか道具みたいにしか思っていないことを。でも前世の私が、勝手に自由になったと思い込んでいたのね)

落ち込むクロエの肩を、エーリヒは慰めるように叩いた。

「そう気落ちするな。別に俺は、冒険者になる夢を諦めろと言っているわけではない」

「うん……」

クロエだって、ちゃんとわかっている。

自分たちは追われている身だ。

闇雲に動くのではなく、安全に、適切な時期に行動するべきだ。

ただ少しだけ不安になったのだ。

魔法という力を得て、エーリヒという相棒を得た。

すべてが順調で、このまま自由に生きられると信じていた。それが少し躓《つまず》いただけで、もう不安になってしまっている。

「心配しなくてもいい。彼らの対応は俺に任せてくれ。クロエは王都で、庶民の暮らしを満喫すればいい。貴族の御令嬢がいきなり冒険者になるよりはいいだろう」

「うん。そうね」

そう言えばクロエは、深窓の令嬢だったと思い出す。

前世の記憶を思い出したせいで、もうすっかり庶民の感覚だった。

でもこの異世界では、常識がまったく違うかもしれない。ここはひとつ、町の暮らしを体験してみるのもよさそうだ。

「髪色や瞳の色を魔法で変えれば、外を出歩いても大丈夫だと思うよ」

できるかと聞かれて、たぶん、と答える。

(まだ目覚めたばかりで、何ができるのかもわからないのよね)

魔法の知識がなさすぎるのも問題点だ。

町で暮らしている間に、少し学ぶべきかもしれない。

(ゲームや小説だったらすぐに冒険者になって旅立つけど、現実はこんなものよね)

知識や常識がまったくないから、予想外のことが起きると不安になるのだと気が付いた。

まずは勉強が必要だ。

「私はまだ、魔法が使えることに気が付いたばかりなの。いろいろと勉強しなきゃ」

「……そうなのか?」

クロエの返答に、エーリヒは驚いたように目を見開く。

「ええ。自分の意思で使ったのは、あのときが初めてよ」

「それなのに王女の魔法を吹き飛ばしたのか。クロエはすごいな」

手放しに褒められて、思わず照れてしまう。

「そ、そうかな。でも、まだわからないことばかりだから、勉強しないと。図書館とかあったら、そこにも行ってみたいわ」

でも、本当に色素を変えるだけで大丈夫なのだろうかと、不安になる。

「髪の色とかは変えられるけど、それだけでいいの？」

「ああ。クロエの髪や瞳はとても綺麗だから、少し目立ちすぎる」

「地味だとしか、言われたことがないけど」

色素の薄い金色の髪に水色の瞳。それを綺麗だと言われたのは初めてだった。

「どうせそんなことを言ったのは、キリフ殿下か団長だろう？　クロエは彼らと俺と、どちらを信じる？」

不実な婚約者と横暴な父の名を挙げられて、答えを躊躇《ためら》うはずがない。

「それはもちろん、エーリヒだけど」

「うん。それでいい。クロエは綺麗だよ。だから、ちゃんと変装すること」

「……うん」

綺麗だと言われるのが、こんなに嬉しいことだなんて思わなかった。思わず頬を染めて頷くクロエに、エーリヒは満足そうに笑う。

「じゃあまず、拠点を見つけないと。宿屋だと料金が掛かりすぎるし、人目も多い。治安の良い場所に適当な一軒家でも借りて、そこで暮らそう」

「ふたりで?」

「もちろん。離れていては危険だし、俺もクロエの魔法を頼りにしている。一緒に居た方がいい」

頼りにしていると言われて、それが嬉しくて頷いた。

「……そうね。わかったわ。家のことはエーリヒに任せる」

「了解。なるべく狭くて、寝室がひとつしかないような家を探さないと。ああ、もちろん予算の関係だ。これからどうなるかわからないのに、無駄に広い部屋を借りて、資金を無駄にするわけにはいかない」

「え、うん」

たしかに長期戦になるかもしれないことを考えると、低予算のほうがいい。思わず頷いたクロエに、エーリヒはさわやかに笑う。

彼はこれから、物件を探してみると言った。

「王都の警備についても、少し探ってみる。クロエは、城門には絶対に近寄らないように」

「わかったわ。気を付けてね」

何だか押し切られたような気がするが、エーリヒに任せておいたほうが安全だろう。

彼を見送ったあと、クロエはそっと自らの髪に触れる。

色素の薄い金色の髪。

ずっと、この髪が嫌いだった。

兄のような輝く金髪か、エーリヒのような煌く銀髪が羨ましかった。

（……綺麗、かぁ）

でもエーリヒがそう言うのなら、自分が思っていたよりひどくはないのかもしれない。

クロエは自らの髪に触れて、少しだけ微笑んだ。

幕間《まくあい》　クロエの婚約者、キリフの苛立《いらだ》ち

アダナーニ王国の第二王子キリフは、苛立ちを隠そうともせずに部屋の中を歩き回っていた。

数年前に父によって勝手に決められた婚約を、キリフはずっと忌々しく思っていた。

だが異母兄《あに》が王太子になることが決定してしまった以上、身の振り方を考えなくてはならない。

有力貴族であるメルティガル侯爵の娘は、たしかに婚約者としては最適だった。

しかもメルティガル侯爵は、騎士団長でもある。

この国の軍事力を握る男を身内にできるのは、いずれ臣籍降下《しんせきこうか》しなくてはならない自分にとって有利になる。

そうわかってはいても、地味で気弱な婚約者のことは最初から気に入らなかった。

老婆のような白髪に、色の薄い水色の瞳。

その薄い色彩のせいで、顔の印象などほとんどない。

メルティガル侯爵家の娘でなければ、何の価値もないような女だ。

それなのに何を勘違いしているのか、自分に付きまとってくる。

おそらく王族の婚約者という地位を何としても失いたくないのだろう。

王城で夜会が開かれたとき、恋人の男爵令嬢と参加したキリフに、いつも怯《おび》えたような目をしたあの女が、必死に縋《すが》ってきたのだから。

「キリフ様は私の婚約者です。取らないでください！」

大勢の前でそう言われ、腹立たしくてその手を思いきり振り払った。

「私はお前などのものではない。思い上がるな」

冷たい声でそう言い捨てれば、クロエはその場に崩れ落ちた。倒れ伏すその姿に、加虐心を刺激される。

この女は、これほどまで自分を求めている。今にでも自分の足もとに縋って、捨てないでと泣き叫ぶかもしれない。

そうしたら、どう言ってやろうか。

「お前がそんな女だとは思わなかった。態度を改めないのならば、婚約を解消するしかないな」

婚約破棄。

この女にとって、何よりもつらい言葉のはずだ。

それなのになぜか、彼女は急に冷静な顔をして、周囲を見回している。

先ほどまで泣き叫んでいた女と、同一人物だとは思えないほどだ。

(何だ？)

不審に思って覗《のぞ》き込《こ》もうとすると、なぜかクロエは、満面の笑みで頷《うなず》いた。

「はい、承知しました」

表情もだが、その言葉も信じられないものだった。

だがクロエはそう言うと、さっさとその場を立ち去ろうとしている。

「私に逆らうつもりか！」

カッとなって、思わずそう怒鳴っていた。

おとなしい、従順だけが取り柄の女だった。

婚約を解消するなどと言われてしまえば、何としてもその言葉を取り消してほしいと言って、泣いて縋ることしかできないはずだ。

それなのに、あっさりとそれを承知して立ち去ろうとしている。

キリフの怒鳴り声を聞いて、クロエは立ち止まったようだ。

彼女は、キリフの言葉を理解できないと言わんばかりの表情で、首を傾《かし》げていた。

「私は殿下のお言葉に従うだけです。殿下が婚約を解消するとおっしゃるのであれば、それを受け入れます」

それだけ告げると、踵《きびす》を返してその場を立ち去っていく。

「待て！　どういうつもりだ！」

誰かその女を捕まえろ、と怒鳴ったつもりが、なぜか声が出なくなった。

(何だ？　何が起こった？)

驚いて何とか声を出そうとしたが、掠《かす》れた息のような音が漏れるだけだ。何が起こったのかわからずに、パニックになって暴れたような気がする。

気が付けば、王城にある自分の部屋に寝かされていた。飛び起きて、声が出ることを確認してほっと息をつく。

冷静に考えてみれば、あの感覚には覚えがあった。

(……カサンドラか?)

この国の王女であり、異母妹《いもうと》のカサンドラは魔女である。

呪文を使って魔法を使う魔導師とは違い、願うだけでそれを叶《かな》えるというおそろしい存在だ。

昔から彼女を怒らせてしまうと、声が出なくなったり足が動かなくなったりした。

今回もまた何が原因かわからないが、妹を怒らせたのかもしれない。

叶えられない願いはひとつもなかったカサンドラは、かなりわがままな性格だ。何が引き金になってその怒りを買うのか、まったくわからない。

(女のくせに忌々しい……)

そう思うが、その力は圧倒的で、国王である父の言うことしか聞かない。

だが、まさか婚約の解消を言い渡した瞬間に声が出なくなるとは思わなかった。

そのタイミングの悪さに思わず溜息《ためいき》をつく。

婚約者のクロエは、あのまま逃げ帰ったのだろうか。

思えば彼女には、婚約破棄という事実は重すぎたのかもしれない。だから、どうしたらいいかわからずに逃げたのだ。

(仕方がない。今回だけは、謝ったら許してやるか)

そう思っていたのに、それからなぜか不運が続いた。

まず国王である父に呼び出され、王命である婚約を勝手に解消しようとしたことを叱られた。

そんなにこの婚約が嫌ならば、恋人である男爵家の令嬢を妻にするようにと言われて、慌てて否定する。

たしかに男爵家の令嬢は美しいが、その実家には何の権力もない。

そんな女と結婚してしまえば、兄が国王になったあとに苦労するのは目に見えている。結婚相手ならば、いくら地味な令嬢でもメルティガル侯爵の娘であるクロエのほうがずっとましだった。

だがそのメルティガル侯爵も、公共の場で婚約破棄を言い渡されたことを不満に思っているらしい。

今回の件をクロエ本人ではなく、メルティガル侯爵家が貶《おとし》められたと受け取ったようだ。

意趣返しのように、王家の人間ならば第二王子でなくても良い、などと吹聴しているようで、それも腹立たしい。

ちょっとした行き違いで、クロエを呼び止めようとしたら声が出なくなった。妹のカサンドラの仕業に違いない、と父に告げたら、そんなことはしていないと、妹が怒り狂ったのだ。

さらに間が悪いことに、彼女はお気に入りの近衛《このえ》騎士に逃げられて、かなり不機嫌だった。だったら言葉通りにしてあげると、声を封じられてしまった。

あれから三日が経過しているというのに、まだ声が出ない。かなり機嫌を損ねてしまったようだ。

だが今回の件はあきらかに、キリフの言いがかりなどではない。

こんなことができるのは、カサンドラしかいない。この国の魔女は、彼女ひとりなのだから。

最近は苛つくことが多かった。しかも歩く度に、なぜか靴に小石が入ってきて煩わしい。

（くそっ。あのとき、クロエさえ逃げ出さなければ……）

自分が婚約の解消を言い出したせいで、こうなったことなど綺麗《きれい》に忘れて、キリフは部屋の中を歩き回った。

まだ声は出そうになかった。

幕間《まくあい》　クロエの父、メルティガル侯爵の誤算

メルティガル侯爵家の当主アレクサンダは、娘の身を案じる妻の泣き声に苛立《いらだ》って、机を殴りつけた。

鈍い音が響き渡り、妻のリディは怯《おび》えたような瞳で夫を見上げている。それでも長年の経験で、これ以上夫を怒らせてはいけないと悟ったのだろう。

何も言わずに静かに部屋を出て行った。

こんなときに泣くことしかできない女など、このメルティガル侯爵家に必要はない。

(役立たずの母親は、やはり役立たずか)

娘のことを思い出すと、また怒りがこみあげてくる。

数日前に王城で開かれたのは、若い貴族だけが参加する夜会だった。

だから参加していた貴族の数も、そう多くはない。

それなのに翌日には、メルティガル侯爵家の娘が第二王子に婚約を解消されたという話が広がっていた。

このメルティガル侯爵家は王立騎士団の団長を歴任し、国の軍事力を一手に担っている。

歴代の当主は、有事の際には命を懸けてこの国を守ってきたのだ。

今は国家間の戦争がなくなって久しいが、それでも国内で反乱があれば、直ちに鎮圧してみせる

と自負している。

そのメルティガル侯爵家の娘が、たかが愛妾《あいしょう》が産んだ第二王子に婚約を解消されたのだ。

恥さらしめ、と唸《うな》るように言い捨てて、アレクサンダは机の上に置かれていた書類の山をなぎ倒した。

そもそもこの婚約は、王との契約だった。

アレクサンダには、子どもが三人いる。

正妻が産んだ長男の十九歳のマクシミリアンと、十七歳になった娘のクロエ。

そして、北方にあるジーナシス王国出身の女が産んだ、サリバという十五歳になる息子だ。

アレクサンダは長男ではなく、このサリバに侯爵家を継がせたいと思っていた。

理由は母親の血筋だ。

サリバの母親は魔力を持っていて、簡単な治癒魔法を使うことができる。さらに、その祖先には魔女もいたらしい。

大陸の最北端にあるジーナシス王国は、もっとも魔女が多い国である。

現在も、あの国には数人の魔女がいるという噂《うわさ》だった。

アレクサンダは魔女の末裔《まつえい》である女に子どもを産ませて、その血脈を侯爵家に取り入れようと考えていた。

その目論見《もくろみ》は成功し、息子のサリバは母方の血筋を受け継いで、僅かだが魔力を持っている。

この息子と、この国の唯一の魔女である王女カサンドラが結婚すれば、その子どもが女であった場合、魔女となる可能性が非常に高い。

だから国王陛下は、第二王子のキリフを侯爵家で引き取ってくれるのであれば、カサンドラを降嫁させても良いと約束してくれたのだ。

王族が、ふたり揃《そろ》ってひとつの侯爵家と婚姻を結ぶのは異例のことだ。

だが国王陛下も魔女の誕生には期待を寄せていた。

王女のカサンドラはわがままで手に負えないが、魔女が複数いれば、ジーナシス王国のように互いに制御し合うことができる。

それに子どものうちにしっかりと力の使い方を学ばせれば、国の役に立つ魔女になるのではないかと考えているのだろう。

キリフの婚約者も、誰でも良《い》いわけではなかった。

臣籍降下するとはいえ、キリフが王族の血を引いているのは事実なのだから、あまり身分の低い者では周囲が納得しない。

この国の軍事を担うメルティガル侯爵家が、いち貴族となるキリフの身内となることに不安を唱える者もいたらしい。

だがキリフはあくまでもクロエの夫になるだけであり、メルティガル侯爵家を継ぐのはサリバである。

むしろ王位を巡る火種とならないように、しっかりとキリフを監視することができる立場のほうが好ましいと、国王陛下は考えたようだ。

さらにその見返りとして、魔女であるカサンドラを降嫁させる。

魔女の降嫁は、メルティガル侯爵家の悲願だ。

そのために、何としてもキリフとクロエの婚姻を成立させなくてはならない。

それなのに役立たずの娘は、よりによって夜会という公式の場で婚約解消を言い渡され、その場から逃げ出したのだ。

王女の降嫁を望む者は多い。

さらに近隣諸国も、魔女であり王女でもあるカサンドラに注目している。

まだサリバとの婚約が正式に発表されていないうちに、キリフとクロエの婚約解消の噂が広まってしまったのは痛恨だった。

娘には、魔女の降嫁の鍵となるキリフを強く繋《つな》ぎ止《と》めておけと強く言ったはずだ。

だがクロエは、それを果たせずに行方を眩《くら》ませている。

このまま見つからなかったら、本当に婚約が解消されてしまうかもしれない。

クロエだけではなく、サリバと王女の婚約もである。

「早くクロエを捜せ！　多少、手荒な真似《まね》をしても構わん。必ず連れ戻せ！」

メルティガル侯爵家の騎士らにそう命じると、苛立ったまま、窓から外を睨《にら》んだ。

ふと、窓ガラスに映った自分の姿に違和感を覚えて、じっくりと眺める。随分と年を取ったように見えたのは、すべてが思うようにいかないせいか。

歩こうとしたとき、靴の中に異和感があり、またかと苛つく。外になど出ていないのに、小石が入っていた。

娘のクロエが、王女よりも強い力を持った魔女だなんて、彼はまったく知らなかったのだ。

幕間《まくあい》　王女カサンドラの不安

アダナーニ王国の王女カサンドラには、お気に入りの騎士がいた。

アウラー公爵家の庶子で、カサンドラの友人であるクラーラの異母弟《おとうと》のエーリヒである。

彼の母親は貴族ではなく、アウラー公爵家に勤める侍女だった。

エーリヒとの出会いは、カサンドラがまだ幼く、魔女としての力に目覚める前のことだ。

カサンドラの遊び相手として選ばれた公爵令嬢のクラーラが、たまにエーリヒを連れて来ることがあったのだ。

彼女にとってエーリヒは異母弟になるが、婚外子という立場のせいか、公爵家では従僕のような扱いだったようだ。

クラーラはお気に入りの人形を見せびらかすように、エーリヒを連れ歩いていた。

たしかに、とても美しい少年だった。

煌《きらめ》く銀色の髪に、北方の人間のような白い肌。サファイアを思わせる青色の瞳。

感情を表に出すこともなく、ただ黙ってクラーラに従う姿は、本当に生きた人形のようだった。

カサンドラも綺麗《きれい》なものが大好きだったから、エーリヒの幼いながらも卓越した美貌には心惹《ひ》かれた。だが言葉にはせずとも自慢そうなクラーラの態度が気に入らず、ずっと興味のないふりをしていた。

ふたりの前からエーリヒの姿が消えたのは、クラーラとカサンドラが十四歳になった頃だ。

理由は、彼の異母姉《あね》であるクラーラの婚約が決まったせいだ。

婚約者が決まったというのに、娘がいつまでも異母弟に執着していては、体裁が悪い。そう考えたアウラー公爵が、エーリヒを騎士団に入れたのだ。

あんなに綺麗な少年を、騎士団に入れるなんてもったいない。

そう思っていたが、カサンドラはちょうどこの頃、魔女としての才能に目覚め始めていた。

このアダナーニ王国で、魔女が生まれたのは初めてのことだった。

周囲は騒がしくなり、カサンドラ本人もすべてが自分の思い通りになる力に酔いしれていた。

カサンドラの力は、魔女の故郷と言われているジーナシス王国で生まれた魔女と比べると、随分弱いものらしい。

それでも、目の前の人間を思うように動かすことはできる。

小言ばかり言う家庭教師を三人ほど、声が出ないようにしてやったあと、カサンドラに逆らう者はいなくなった。

さすがに父には叱られたが、もともと父は、アダナーニ王国の王家に魔女が生まれたことを、とても喜んでいた。

だからあまり強く言うことはなく、むしろ娘の力がどれほどのものなのか、見極めようとしているような状態だった。

高位の貴族にさえ力を使わなければ、父が怒ることはない。

そう学んだカサンドラは、下位貴族や王城で働く者達《たち》に対しては、わがままに振る舞った。

そんなとき、騎士になっていたエーリヒと再会した。

成長した彼は、思わず言葉を失って見惚《みほ》れるほどの美貌だった。

今度こそ、自分の手元に置きたい。

強くそう思った。

もう邪魔者だったクラーラはいない。

彼女は去年、結婚をしている。

公爵家を継ぐために婿を迎えたらしい。クラーラよりも年上の地味な男だと聞いて、カサンドラは盛大に祝ってあげたのだ。

カサンドラはすぐに彼を近衛《このえ》騎士に命じて、自分の傍《そば》に置くことにした。

騎士だった頃、彼はとても人気があったらしい。

あれほどの美貌なのだから当然かもしれない。

でも近衛騎士になってからは、彼に近付く女性は容赦なく排除した。さらに監視魔法や、王城から出ることができなくなる魔法などもかけた。

その甲斐《かい》あって、どんな命令にも彼は黙って従っていた。

もう手放さない。エーリヒは、これからもずっと自分の大切な人形だ。

だが、あの夜。

カサンドラは髪型が気に入らなくて、王城で開かれた夜会を欠席した。専属の侍女をすぐにクビにするように言い渡すと、もう寝てしまおうと部屋に引きこもった。
エーリヒはこの日、王城の警備をしていたようだ。
朝になり、起床したカサンドラは、すぐに彼を呼び出そうとした。
だが、いくら呼んでもエーリヒは現れない。
こんなことは初めてだった。
苛立《いらだ》って魔法を使おうとしたが、彼の気配が王城のどこにもない。
監視魔法も、移動を制限した魔法も、すべてが跡形もなく解除されていたのだ。
（どうして……。なぜ、こんなことに？）
魔導師などでは、カサンドラの魔法は破れないはずだった。
そもそもこの国には、その魔導師ですら少ないのだ。
それなのにどんなに探っても、エーリヒの気配を感じ取ることはできない。
何が起こったのかまったくわからず、不安が胸に広がっていく。
こんなに不安になったのは、魔女になってから初めてだった。
この国には、カサンドラですら敵《かな》わない、得体のしれない何かがいるのかもしれない。
カサンドラは、震える両手を握りしめた。
エーリヒ、と小さくその名を呼んだが、答える声はなかった。

第二章

エーリヒが外出したあと、クロエはひとりで宿に残っていた。

今日は天気が良くて、窓から見上げる空も綺麗《きれい》な青色だ。外を歩いてみたら、きっと気持ちも晴れるだろう。

でもその前にやらなければならないことがあった。

「うーん」

クロエは、エーリヒに買ってきてもらった大きめの鏡を覗《のぞ》き込《こ》み、思案する。髪色と瞳の色を変えたほうがいいと言われてから、どう変えたらいいのかずっと考えていた。

（何色がいいかな。やっぱり馴染《なじ》みのある色がいいかも？）

黒髪に、少し青みがかった黒い瞳。

顔立ちは違うが、前世と同じ色にしてみた。

目を瞑《つぶ》って、そうなった姿を想像してみる。

（ちゃんと変わっているかな？）

もし失敗したら、外出することができなくなってしまう。

少し緊張しながら目を開くと、鏡に自分の姿が映っていた。

「おおお？」

思わず声が出た。

色素の薄い金色の髪に、水色の瞳をしていたときは、地味すぎてどうしようもなかった自分の顔。

だが、こうして前世で馴染みのある色合いにしてみると、なかなかの美少女だったことに気が付いた。

（これ、ちょっと化粧をすればもう少し化けそう。うわぁ、今まで知らなかった……）

薄い色素のせいでぼんやりとしていた印象が、色を変えただけでこんなにも変わるとは驚きだ。

エーリヒが綺麗と言ってくれたのは、ただのお世辞ではなかったのだと知る。

たしかにこれだけ印象が変わったのなら、魔導師のローブを被《かぶ》っていれば、外出しても気付かれないに違いない。

（うん、こうなってみると町で暮らすのも楽しみになってきた。ひさしぶりに料理もしてみたいし）

昨日食べたケーキセットから考えると、食文化はそれなりに発展していると思われる。

食べ歩きが大好きだった前世では、料理もそれなりに楽しんでいた。

異世界にしかない料理も、きっとあるに違いない。

いずれ地方に行くにしても、まずは王都を楽しんでから。

（魔法の勉強も必要だしね。よし、頑張ろう！）

そう気持ちを切り替えて、クロエはエーリヒの帰りを待った。

エーリヒが戻ってきたのは、もう日が暮れようとしているときだった。

宿屋のベッドに腰を下ろし、カーテンの隙間からぼんやりと外を見ていたクロエは、部屋の扉が開かれたことに気が付いて振り返る。

「あ、おかえりなさい」

「……ただいま。黒髪にしたのか」

戻ってきたエーリヒは、すぐにクロエの髪と瞳の色が変わったことに気が付いたようだ。

「うん。似合うかな？」

「とても綺麗だと思うよ。でも、この国に黒髪はいないから、移民だと思われてしまうかもしれない」

「移民、かぁ」

町で黒髪の人間も見かけたから、それほど珍しくないと思っていた。

「でも、移民だと思われた方が好都合かもしれない」

父も、貴族の令嬢が移民に成りすますとは思わないだろう。

「そうだな。正規の手続きを得て入国している外国の商人もいる。黒髪でも問題はないだろう。よく似合っている」

「あ、ありがとう……」

社交辞令だとわかっていても、やっぱり嬉《うれ》しいものは嬉しい。

それに自分でも、新しい姿はなかなか気に入っている。

クロエは自分に自信がなくて地味な服装ばかりしていたが、この姿ならばおしゃれを楽しんでみるのもよさそうだ。

「家は見つかった？」

「ああ。少し手間取ったが、ちょうど良《い》い物件が見つかった」

そう言ってエーリヒが手渡してくれたのは、今日の夕食だ。

鶏肉《とりにく》っぽい揚げ物を挟んだパンに、果物。サラダもあった。

「おいしそう。まだ温かいね」

「冷めないうちに食べたほうがいい」

「うん、ありがとう」

テーブルに座って、まずは食事を楽しむ。

食後のお茶を飲みながら、彼が探してきてくれた物件の話を聞いた。

「少し大通りから離れているが、大きな広場や公園があって自然が豊かだ。家は狭いが、ふたりで暮らすには充分だろう。周囲は若い夫婦が多くて、治安もそう悪くはない」

「そうなんだ。いいところみたいね」

「クロエと一緒に見てから決めたほうがいいと思って、まだ契約はしていない。明日、一緒に見に行こう」

「ありがとう。楽しみだわ」

エーリヒは、貴族の令嬢がいきなり冒険者になるよりも、庶民として暮らしてみた方がいいと言っていた。

でも今のクロエは前世の記憶が蘇《よみがえ》り、むしろその記憶の方が強くなっている。

もともと平凡な日本人だったのだ。

今だったら侯爵令嬢として大きな屋敷《やしき》に住むよりも、小さな家で一般市民として暮らす方がずっと楽かもしれないと思う。

翌日訪れたエーリヒが探してきてくれた家は、たしかに住みやすそうな場所だった。

少し古い家らしいが、外装は塗り直しをしているらしく、とても綺麗に見える。床も張り直しているようだ。

（部屋も綺麗。リビングに寝室。キッチンもある。ちょっと狭いけど、いずれ王都から出るんだから、荷物は増やさないほうがいいよね）

大通りから離れてはいるが、近所に食料品と日常品を売る店、そしておいしくて安い食堂がある。

普段の買い物なら近くで充分だ。さらに大きな公園には散歩コースがあり、運動不足の解消にもよさそうだ。

近所も、同い年くらいの夫婦が多かった。

この区画は主に家族用に売り出しているようで、結婚したばかりの人が多い。

「うん、私もここがいいと思う」

気に入ったかと聞かれて、クロエは頷《うなず》いた。

ここで、新しい生活が始まる。

やりたいことはたくさんあった。

(でも、あまり浮かれていては駄目。追われているということを、忘れないようにしなくちゃ)

そう自分に言い聞かせながらも、クロエは、高揚感を抑えきれなかった。


こうして王都での暮らしが始まった。

荷物は増やしたくないと思っていたけれど、生活するにはやはりある程度のものは必要になる。

大型の家具は運ぶのも大変で、ふたりで家具を設置し終えたあとは、リビングで少し休憩をすることにした。

エーリヒが淹《い》れてくれたお茶を飲んで、ようやく一息ついたところだ。

(ああ、ゲームによくあるような、アイテムボックスがあればいいのに)

何でも収納できて、即座に取り出せる。

もちろん、食べ物は何年経過しようが腐らない。むしろ温かいものも冷たいものも、そのままの状態で収納できる。

そんなものがあればいい。

そう思った途端、目の前に画面が出現した。

「ええっ」

「クロエ？」

リビングのソファで寛《くつろ》いでいたエーリヒが、急に声を上げたクロエに驚いて声を掛けてきた。

「どうした？」

「え、えっと。この画面が……」

「画面？」

空中で手を振るクロエの様子を、彼は不思議そうに見ている。

「そこに何かあるのか？」

「……エーリヒには見えていないのね」

画面のタイトル部分を見ると、クロエのアイテムボックスと名付けられている。

（もしかして、本当にアイテムボックスが使えるようになったの？）

試しに、部屋にあった新品のタオルを手に取ってみる。

（どうやって入れるのかな？　アイテムボックスに移動しろって念じればいいのかな？）

アイテムボックスに移動。

そう思った途端、手に持っていたタオルが消えた。

新品タオル×1

画面の中にそう表示されているのを確認して、思わず感嘆の声を上げる。

「すごい！　これは便利かも！」

「クロエ、さっきから何をしている？」

不思議そうなエーリヒに、今までの経緯を興奮気味に伝える。

「そういうわけで、アイテムボックスが使えるようになったの。すごいよね！」

「……そんな魔法は、聞いたことがないな。クロエはそんなこともできるのか」

真面目な顔でそう言われて、首を傾《かし》げる。

「え、この世界では普通じゃないの？」

ここがゲームや小説がベースになっている異世界なら、当たり前に存在すると思っていた。

でもエーリヒは首を横に振る。

「いや、魔法といえば、ほとんど攻撃手段として使われるものばかり。まれに癒《いや》しの魔法を使える者がいる。その程度だ」

「そうなんだ……」

ここは、あくまでもクロエの前世とは異なる世界というだけで、ゲームや小説の中に転生したわけではないらしい。

「じゃあどうして私は、こんな魔法が使えるのかしら？」

「王女の監視魔法を破ったときから思っていたことだが、クロエはもしかして、王女と同じ魔女なのかもしれない」

「ま、魔女？」

前世の記憶に照らし合わせてみると、あまり良い印象のある言葉ではない。人を害する邪悪なもの。もしくは魔女狩りなど、虐げられる対象となっているようなイメージだ。

「それって悪い存在なの？」

不安そうに尋ねると、エーリヒは首を振る。

「いや、そんなことはない。たしかに強い力を持っているから恐れられることもあるが、人々を虐げるような真似《まね》をしない限り、敬われる存在だ」

そう言って、怖がるクロエを安心させるようにその肩に手を置く。

「だから心配しなくてもいい。それに、この国では魔女と呼んでいるが、他の国では聖女とか、賢者と呼んでいるところもあるようだ」

「そっか。ありがとう」

魔女と言われたら恐ろしいが、聖女や賢者ならば怖くはない。

ほっとして、エーリヒを見上げる。

「それで。この国の王女様が、私と同じ魔女なの？」

「……そうだ」

王女のことを口にすると、エーリヒは心底嫌そうな顔をして頷く。

よほど嫌いだったらしい。

それでも魔女に関して、知る限りのことを教えてくれた。

「王女はこの国の長い歴史の中で生まれた、初めての魔女だ。そのせいで力のコントロールもろくに学ばず、わがままに過ごしている。あんな魔女なら、いないほうがよかったと言われているくらいだ」

「そんなに？」

思っていたよりもずっと、王女はひどい女だったらしい。

（考えてみれば、あのキリフ殿下の異母妹《いもうと》だもの。血は争えないってことかしら）

せめて遠目でしか見たことのないこの国の王太子が、まともな人間であることを祈るばかりだ。

「私自身が今まで魔法が使えることを知らなかったんだから、当然、お父様やキリフ殿下も知らなかったっていうことよね？」

「そうだ。それでよかったと思うよ。もしクロエが魔女だとわかったら、どんな目に遭ったことか」

「……うん。私も、そう思う」

カサンドラは王女だったから、わがままに振る舞うことができた。

それが許されたのだ。

もし前世の記憶が蘇らない状態で、クロエが魔女だと判明してしまっていたらと思うと恐ろしい。

ほぼ間違いなく、父の言う通りに動く人形になっていただろう。

「むしろ婚約を解消してくれたキリフ殿下に、感謝したいくらいよ」

「そうだな。俺も、そう思うよ」

エーリヒは同意するように頷くと、黒に変えたクロエの髪にそっと触れる。

「色彩なんかに惑わされて、この美しさに気付かない男になんか、クロエは勿体《もったい》ない」

「……っ」

婚約者だったキリフは、クロエのことを地味で目立たない、花のない女だと散々貶《おとし》めた。

前世の記憶が蘇っても、そのときの胸の痛みは忘れていない。そのつらい記憶が、エーリヒの優しい言葉で消えていくような思いがした。

「ありがとう」

心からそう言って微笑《ほほえ》むと、エーリヒは、まるで真夏の太陽を見るかのように、眩《まぶ》しそうに目を細めた。

何だか照れくさくなって、クロエは疑問に思っていたことを口にした。

「えっと、魔女と魔導師って、具体的にどう違うの？」

どちらも魔法を使う存在よね、と尋ねると、エーリヒは頷いた。

「そう。まず、この世界には魔力を持っている人間と、持っていない人間がいる。割合としては、持っていない人間のほうが圧倒的に多い」

エーリヒは何も知らないクロエのために、詳しく説明をしてくれた。

「魔法を使える人って少ないの？」

「少ないな。だが魔力を持っていなくても、魔石を使えば簡単な魔法を使うことができる。そのため、魔石は非常に高価なものだ」

魔石を使って魔法を使う者は、魔術師と呼ぶらしい。

その魔石は、水晶に魔力を込めて作る。

そもそも魔力を持っている人が少ないのだから、魔石も希少価値があり、高額となる。しかもそんな高額な魔石を使っても、初歩的な攻撃魔法しか使えないらしい。

「うーん、効率が悪いわね……」

「それでも、世の中には魔法でしか倒せない魔物がいる。高額でも手に入れたい者は多いよ」

そんな魔石を使うことなく魔法が使えるのが、魔導師だ。

この国出身の魔導師は少ないが、北方には数百人ほどいるらしい。

(それでも、大陸全体だと思うと少ないわね……)

そして先ほどエーリヒが言っていたように、魔導師が使うのはほとんどが攻撃のための魔法である。だから魔力のある者は国に召し抱えられることが多い。

「この国出身の魔導師って、そんなに少ないのね」

「ああ。その魔導師も全員、国に仕えている」

「五人って、少ないほう?」

「この大陸ではかなり少ないほうだな。そのせいで、北方から妻を迎える貴族が多い」

「そういえば私の異母弟《おとうと》の母親も、そうだと聞いたわ。どちらにも、一度も会ったことがないけれど」

異母弟はわずかに魔力を持って生まれたと聞いた。

兄は異母弟を敵視していたらしいが、そんな事情では、残念だが兄よりも異母弟のほうが跡継ぎ争いでは有利かもしれない。

（まぁ、私にはもう関係ないけれど）

父の後継者が誰になろうと、クロエには関係ない。

「それで、魔女っていうのは、魔法が使える女性のこと？」

「いや、魔女というのは魔導師とはまったく別の存在だ。まず、魔力が魔導師とは桁違いに多い」

「多いの？　私も？」

「おそらく。魔女の魔力はあまりにも多すぎて、同じ魔女しか正確な量がわからないらしいよ」

「そうなんだ……」

不思議に思って手のひらを見つめてみたが、まだ自分ではまったくわからない。

（本当に魔力があるのかな？）

そんなに大きい力なら、かえって恐ろしいくらいだ。

「それに、魔女に呪文や術式は必要がない。願っただけで、それを叶《かな》えてしまうからね」

「願っただけで？」

それは、本当に夢のようなことだ。

「何でも叶うの？」

「魔女にも限界はあるから、何でも叶えられるということではないらしい。でも、クロエの力はかなり強いと思う。まだ目覚めたばかりなのに、王女の魔法を吹き飛ばしている」

当たり前だが、限界はあるようだ。

それでも攻撃魔法と治癒魔法しか存在しない世界で、願うだけである程度のことを叶えてしまう魔女の存在は、ほとんどチートだ。

「願うだけで叶うって、ちょっと怖いわ」

「本当は、魔力を込めて言葉にすると、それが叶えられるらしい。だから、少し思っただけで魔法が発動することはないよ。ただクロエはまだ目覚めたばかりで、制御できないのかもしれない」

「そう。ちょっと安心したわ。でも、今は迂闊《うかつ》に何かを願うべきじゃないわね。うーん、何とかして魔力を制御しないと」

アイテムボックスは便利で嬉しい機能だが、変なことを願ってしまったら大変なことになる。

「そんなに心配しなくても大丈夫だ。ただ、不安定な時期は、相手の不幸を願うと叶えやすいらしい。王女がかなり酷《ひど》かった」

クロエなら大丈夫だと思うが。

エーリヒはそう言って笑う。

彼が魔女に詳しいのも、その王女の魔法に対抗する術《すべ》はないか、必死に探した結果らしい。

かなり苦労したようだ。

(もう、そんな王女の手になんか渡さないから。エーリヒは、私の相棒だもの)

そう決意したところで、ふと思い出す。

あれは、婚約解消を言い渡されて屋敷から逃げ出そうとしていたとき。あのとき、父と婚約者だったキリフに、負の感情を抱いてしまった気がする。

「どうしよう。私、父とキリフ殿下の不幸を願ってしまったかもしれない」

「ふたり？」

「お兄様も、かもしれない。みんな歩く度に、靴の中に小石が入ってしまえばいいって、願ってしまったわ」

そう言うと、一瞬唖然《あぜん》としたエーリヒが、次の瞬間には声を上げて笑い出した。

「そ、それは……」

「もしかして、叶ってしまったかしら？」

さすがに毎回はやりすぎた。そう狼狽《うろた》えるクロエの隣で、エーリヒはまだ笑い続けていた。

「地味に嫌だな、それは」

「どうしよう。さすがに過剰な報復じゃないかも？」

「……いや。あのふたりがクロエにしたことを考えれば、それくらいは仕方がない。一生、靴の中の小石に悩んでもらおう」

そう言ったエーリヒは、こんなに笑ったのは初めてだ、と言う。

笑うこともできないくらい、過酷な生活を強いられてきたのかと思うと、胸が痛む。同時に、これからはたくさん楽しいことがあるようにと、祈った。

「そうだ。私の魔力が人よりも多いなら、魔石を作れるかな？」

魔石をたくさん作ってアイテムボックスに入れておけば、資金には困らないのではないか。そう思いついて提案する。

「そうだね。クロエならできるかもしれない。明日、水晶をいくつか買ってくるよ」

「うん、お願い」

エーリヒが言うには、女性の魔導師は戦いに出るよりも、そうして魔石を作って売っている者が多いようだ。

この国出身の魔導師は全員国に仕えているが、王都には他国出身の魔導師も存在していて、魔石を売ってかなり裕福な暮らしをしているようだ。

わざわざ冒険者にならなくても、生活することができるかもしれない。

(冒険はしてみたいけど、魔女だとわかるといろいろ面倒そうだし。うーん、自分で作った魔石を持ち歩いて、魔術師として戦ってみるとか？)

とにかく明日、魔石を作ってみてからだ。

(アイテムボックスの検証もしてみたいし……)

試してみたいことはたくさんある。

魔力の制御も勉強しなくてはならない。

明日から忙しくなりそうだ。


そして新居で迎えた朝。

クロエは、窓から降り注ぐ朝陽《あさひ》に照らされて目が覚めた。

今日も良い天気のようだ。

「うーん、よく寝たかも」

そう呟《つぶや》きながら身体《からだ》を起こすと、長い黒髪がさらりと揺れる。

馴染みのある色に、つい自分が異世界に転生したことを忘れそうになってしまう。

今日は何曜日だろうか。仕事に行かなくては。

そう思ってしまい、慌てて首を振る。

（私はクロエ。元侯爵家の令嬢。ただいま逃亡中……）

自分に言い聞かせてから、立ち上がった。

「……クロエ？」

隣で眠っていたエーリヒも、目を覚ましたらしい。

目覚めはあまり良くないようで、まだ少しぼんやりとしたような眼差《まなざ》しでこちらを見つめている。

（イケメンは、寝起きも綺麗なのね）

思わず感心してしまう。

寝室が一緒なのは家の構造上仕方がないとはいえ、大きめのベッドがひとつしかないのは、さすがに問題だった。

でもエーリヒはこれでいいと譲らなかった。

「今さら恥ずかしがるような仲でもないだろう」

「いや、そういう仲だから。いつのまに私達《わたしたち》、そんな関係になっていたの？」

そんな問答をしたことが、もう懐かしい。

エーリヒは店でとても寝心地の良いベッドを、それもかなりお手頃な値段で売っているのを見つけて、どうしてもそれが欲しかったらしい。

たしかに睡眠は大切だ。

結局クロエも、一度寝てみたらその寝心地に夢中になってしまって、結局一緒に寝ることを承諾してしまった。

「もう少し寝ていてもいいよ。朝ごはんを作ってくるから」

「クロエが作ってくれるのか？」

「うん。簡単なものだけどね」

感激した様子のエーリヒに笑顔を返して、クロエはキッチンに向かう。

「何がいいかな。やっぱり朝は、目玉焼きかな？」

キッチンのテーブルには、食材の入った籠が置かれていた。昨日の夜、エーリヒが買ってきてくれたのだ。

そこから卵とハムを取り出して、調理を開始する。

「あとは……。何がいいかな。味噌汁《みそしる》……は無理だから、野菜スープとか？」

食材は、ほとんどが前世と同じもののようだ。

ただ、やはりこの国には西洋風の料理しかなかった。元日本人としては和食が恋しくなってしまうが、ないものは仕方がない。

ゲームや小説の中だと、主人公たちは何とかして和風の食材を手に入れていた。でもエーリヒに話を聞く限り、この国では難しそうだ。

「ああ、せめて味噌と醬油《しょうゆ》、そしてお米があればいいのに」

両手を組み合わせて、祈るようにそう願う。

エーリヒはそういうものは聞いたことがないと言っていたが、彼もこの国しか知らない。広い世界のどこかには、もしかしたら存在しているのだろうか。

各国を巡れば、いつか巡り合えるかもしれない。

「あっ、焦げちゃう」

料理を再開しようとして振り返ると、ふと目の前にアイテムボックスの画面が出てきた。

「え、何?」

驚いて画面を凝視すると、アイテムボックスの中に、今までなかった文字が見えた。

醬油×∞
味噌×∞
米×∞

「……へ?」

その文字を読み取って、思わず間の抜けた声が出る。

「もしかして……。魔法、使っちゃったの？」

魔力を込めたつもりはないが、声に出して願いを言ってしまった。

欲しいと願ったのはたしかだが、こう簡単に叶えられてしまうと、嬉しさよりも戸惑いのほうが大きい。

「クロエ？」

声が聞こえたのか、まだ寝ていたはずのエーリヒの声がした。

振り返ると、心配そうにこちらを見つめている青色の瞳と目が合った。

「どうかしたのか？」

「エーリヒ。どうしよう。私、ちょっと怖い……」

思わず、自分の肩を抱きしめるようにしてそう言う。

「何が怖い？」

ふとその手に温《ぬく》もりを感じた。

いつのまにかエーリヒが傍《そば》にいて、クロエの手をしっかりと握っていてくれた。

「ちょっと欲しいなと思っただけのものが、勝手にアイテムボックスに入っていて。何だか怖くなって」

願いが叶った嬉しさよりも、そんなことを無意識にやってしまった自分の力に恐怖を感じた。

「そうか」

エーリヒはクロエの手を引いて、椅子に座らせてくれた。彼はその前に跪《ひざまず》き、クロエを覗き込む。

「力が制御できないのが、怖いのか？」

優しい声で尋ねられ、少しずつ気持ちが落ち着いてきた。

「……うん。そうかもしれない。制御できないから、どのタイミングで願いが叶ってしまうのかわからなくて」

願いを声に出してしまったのは、自分が迂闊だった。

でも無意識に言ってしまったことが、あんなに簡単に叶ってしまうなんて思わなかった。

「何を願った？」

「異国の、ちょっと珍しい調味料よ。料理をしていて、作ってみたいと思ったから」

さすがに前世の話は、まだできない。

そう説明すると、アイテムボックスから取り出して見せる。

「これと、これ。味噌と醤油よ」

「これがその、異国の調味料なのか」

珍しそうに眺めたあと、エーリヒはそれを机の上に置くと、もう一度クロエの手をしっかりと握る。

「こんな小さな願いを叶えて怖がっているクロエなら、大丈夫だ。俺の知っている魔女……王女は、貪欲だった。次から次に願いを叶えて、自分の思うままに振る舞っていた」

王女を語るときだけ、エーリヒの端整な顔が少し曇る。

「クロエならきっと、無意識に自分で力をコントロールできる。だから、怖がらなくても大丈夫だ」

子どもに言い聞かせているような優しい言葉に、不安が消えていく。

「うん。ありがとう」

むやみに恐れるよりも、前向きに考えて、自分でしっかりと制御できるように頑張らなくてはならない。

やっとそう思えるようになって、クロエは笑みを浮かべる。

「頑張る。自分の力だもの。私が頑張らないと」

気持ちを切り替えて、せっかく手に入ったのだからと味噌汁を作ってみることにした。だし入りの味噌だったので手間も掛からない。

（ああ、これこれ。やっぱり最高ね）

ひさしぶりの味に、ちょっぴり感動する。

米も手に入ったことだし、今度は和食を作ってみるのもいいかもしれない。他にも欲しい食材はたくさんあるが、安易に願ったりせず、地道に自分で探そう。

（そのほうが、きっと楽しいよね）

完全に和食である味噌汁がエーリヒの口に合うか心配したが、問題はないようだ。

「クロエの手料理が食べられるなんて思わなかった。ありがとう」

嬉しそうに言われてしまうと、簡単な料理だっただけに、少し照れくさい。

(まぁ、たしかに普通の侯爵令嬢は料理しないからね)

クロエの記憶だけなら、絶対にできなかったことだ。

「料理には興味があったの。これからもいろいろ作ってみるからね」

「うん。楽しみにしている」

自分のために料理をするのも好きだが、こうして一緒に食べてくれる人がいるのはしあわせなことかもしれない。

朝食が終わったあと、今日の予定を話し合う。

「今日は町に、水晶を買いに行こうと思う。クロエはどうする?」

魔石を作るための水晶だ。

「私も行ってみたい。一緒に行っても大丈夫?」

まだゆっくりと町を歩いてみたことがない。水晶が売っている店も見てみたいし、食材などもいろいろ探してみたい。

でも、迷惑をかけてしまうならおとなしくしているつもりだった。

日常生活が楽しくて、つい忘れそうになってしまうが、今は逃亡中の身だ。

「ああ。その姿なら問題ない」

でもエーリヒがそう言ってくれたので、ふたりで出かけることにした。

それでもなるべく姿を隠すようにローブを羽織ってから、町に繰り出す。

（わぁ、すごい人……）

さすがに王都は、人で溢《あふ》れていた。

とくに商店街がある大通りは、歩くのも大変なくらいだ。

買い物に出てきた住人に、流れの商人。

旅人に、冒険者の姿もある。

小柄なクロエは人混みに流されそうになり、慌ててエーリヒに近寄る。

（ああ、懐かしいこの感じ。通勤ラッシュを思い出すなぁ）

人波に揉《も》まれる感覚を懐かしく思っていると、エーリヒが手を差し出した。

「はぐれると大変だ。手を繋《つな》ごう」

「えっ」

一瞬躊躇《ためら》うが、たしかにこの人混みの中ではぐれてしまったら、探すのが大変だろう。ほとんど出歩いていないクロエは自分の家もわからない。

そっと、エーリヒの手を握る。

「うん。ありがとう……」

クロエが男性に慣れていない侯爵令嬢だったこともあり、こうして手を繋ぐだけで少し緊張してしまう。

「今さら何を。同じベッドで眠っている仲なのに」

「だから、そういうこと言わないで！　あのベッドを経験したら、他のものじゃ満足できないから」

それに逃亡中のせいか、ひとりだと不安になる。

クロエの記憶はだいぶ薄れているが、それでも父や婚約者だったキリフに追い詰められる夢を見て、震えながら目を覚ますこともある。

そんなときに隣にエーリヒがいると、ひどく安心するのだ。

(でも……)

思えば前世でも趣味に全力だったせいで、恋はあまり経験してこなかった。

(恋はもう少し後でも大丈夫だから、今は好きなことを全力で楽しもう。そう思っていたのよね)

原因はわからないが、その後の記憶がないことを考えると、恋を楽しむ暇もなく早死にしてしまったのだろう。それを思うと、手を繋ぐだけで緊張してしまう自分が少しかわいそうになる。

今回の人生では、恋もしてみたいものだ。

そんなことを思いながら握ったエーリヒの手は、思っていたよりもずっと大きくて、少しだけ胸が高鳴る。

優美な外見で忘れてしまいそうになるが、彼は騎士なのだ。

「行こうか」

「うん」

手を繋いで、大通りを歩いた。

まず、最初に水晶を売っている店に向かう。

まだ魔石が作れるかどうかわからず、実験の段階だから、それほど高価な水晶は必要ないだろう。不揃《ふぞろ》いなために格安で売っていたものを、いくつか買うことにした。

エーリヒが会計をしてくれている間、クロエは店内を見て回る。

綺麗な石や、一般市民でも買える手頃な値段の装飾品も売られている。

（あ、魔石も売っているわ）

店の奥に、大切に飾られている魔石があった。値段は、クロエたちが買った水晶の五十倍もする。

「こんなに高いのね……」

思わず、小さな声で呟いた。

あの小さな水晶の中に、誰かの魔力が込められているのだ。そう思うと、手に取って眺めてみたいと興味を覚える。

「買ってみるか？」

そんなクロエの心境を察したように、エーリヒがそう言ってくれた。

いつのまにか、会計が終わっていたようだ。

「他人の魔力に触れることは、自分の魔力を制御するのに役立つかもしれない」

「……うん。そうね」

たしかに高価なものだが、侯爵家から持ち出した宝石をすべて売り払ったばかりだ。

買えない額ではない。

必要経費だと割り切って、魔石をひとつ購入することにした。

それに、もし魔石を作ることができれば、この金額は充分に回収できる。

「手に取ってみたいし、買ってみる」

そう決意したのに、なぜかエーリヒが買ってくれた。

「自分で買うわ」

慌ててそう言ったが、彼は取り合ってくれない。

「最初の魔石は、俺に贈らせてほしい。意味のあることだから」

「意味って、どんな？」

今はまだ内緒だ、とエーリヒは優しい笑みを浮かべる。

「時期が来たら、きっとわかる。今はただ、何も言わずに受け取ってほしい」

そこまで言われてしまえば、それ以上追及することはできなかった。

「わかった。ありがとう」

そう言って魔石を受け取る。

ここは有り難く受け取って、彼には他の形で返せるようにしようと思う。

冷たいはずの水晶は、ほんの少しだけ温かく感じた。

（これが魔石かぁ……）

買い物をして家に帰ると、クロエはさっそくエーリヒに買ってもらった魔石を取り出して、じっくりと眺めた。

もともとはただの水晶のはずなのに、淡く光っている。

きっとこれが魔力だ。

(同じようにできるかな?)

クロエは買ってきた水晶に魔力を込めてみた。

けれど、なかなか思うようにいかない。

何度か試してみたけれど、魔力が少なくて魔石として使えないものや、逆に魔力を込めすぎて砕け散ってしまったものもある。

「これは、修業が必要ね……」

大量の魔石を得ることができるかと思っていたが、現実はそう甘くはないらしい。

でもまだ始めたばかりだ。

少しずつ頑張っていこうと決意する。

(王都を出る頃には、成功できるといいな)

冒険者になったらきっと、魔石がたくさん必要になるはずだ。それまでに自作できるようになるのが、クロエの目標だった。

魔石造りは難航していたが、料理は順調だった。

お米に味噌、醤油が無限に使えるのは、我ながらちょっと反則だ。

お陰で朝は、すっかり和食が定番となってしまった。意外とエーリヒが気に入ってくれたようで、何となく嬉しい。

（一緒に暮らしている人と味覚が合うのって、いいよね）

今日の朝食も、和食だった。

「これから町に出るの？」

食事を終え、ふたりで後片付けをしたあとは、いつものように今日の予定を話し合う。

「ああ。少し情報収集をしてくる。クロエは？」

「昨日、図書館で借りてきた本で魔法の勉強をするつもり。あと午後から、近所のお友達とお茶会をするわ」

この辺りは新興住宅地らしく、近所には若い夫婦が多かった。

何度か顔を合わせているうちにすっかり仲良くなり、互いの家に寄ってお茶会をするようになっていた。

「わかった。何か欲しいものは？」

「また水晶が安く売っていたら、お願い」

「了解」

朝食後、町に出るエーリヒを見送る。

クロエは出かけようとしている彼の背に両手を置いて、声を出して言った。

「悪い人に見つかりませんように！」

いつからか、彼が出かける度にこうするようになった。

上手《うま》く魔力を込められたのかわからないが、彼を守れるように、精一杯祈っている。

用心深いエーリヒのことだ。

クロエの魔法なんかなくとも、誰にも見つからずに行動することができるに違いない。

それでも、自分が安心するためにこうしている。

「ありがとう、クロエ。行ってくるよ」

「うん。いってらっしゃい」

エーリヒを送り出したあと、クロエは図書館から借りてきた魔法の本を広げる。

(何だか新婚夫婦みたい)

そう思ってしまい、慌てて首を振る。

(私達は相棒。共犯者？　そういうのだから！)

そう言い訳をして、勉強に集中する。

この国に純粋な魔導師はとても少ないが、冒険者の中には魔石を使って魔法を使う魔術師がいる。そのため、王都の図書館にはわかりやすい魔法の本もたくさん置いてあった。

でも理論は学べても、感覚となるとなかなか難しい。

(元の世界にはないものだからなぁ)

今まで何度か魔法を使ったようだが、自分の意思で明確に使ったのは、王城で監視魔法を吹き飛ばしたときだけだ。

それでも知識を身に付けることは無駄にはならないだろうと、せっせと勉強を続けた。

「ん……。そろそろ時間かな？」

昼近くまで本を読んでいたクロエは、本を閉じて背伸びをした。

今日は、近所の友人たちがこの家に集まる日だ。

ただお茶を飲みながらおしゃべりをするだけだが、それなりに楽しい時間だ。

王都についての情報収集にもなる。

「クロエさん、こんにちは」

「お邪魔しまーす」

「こんにちは」

時間になると、近所に住む友人たちが訪ねてきた。クロエは彼女たちを迎え入れて、部屋に通した。

「いらっしゃい。中にどうぞ」

お茶を淹れて、焼き菓子を出す。

もう何度もこうやって会っているから、いまさら緊張することもない。

「あ、この焼き菓子おいしいね」

すぐ隣に住んでいる、結婚したばかりの若い女性が、そう言ってしあわせそうに微笑む。彼女は食べることが大好きで、おいしい店の情報をたくさん教えてもらった。

「エーリヒが買ってきてくれたの。大通りにある店らしいわ」

「あのものすごく美形な旦那さまかぁ……。やっぱり奥さんには優しいんだね」

焼き菓子をうっとりと眺めていた彼女がそう呟く。

一緒に暮らしているので、友人たちは夫婦だと思い込んでいるようだ。

クロエもわざわざ否定しなかった。

理由を説明するには、色々と事情がありすぎる。

そしてあれほどの美形なのに、近所でのエーリヒの評判は微妙なものだ。とにかく無愛想なようで、クロエが友人たちに挨拶をしても、隣で軽く頭を下げたら良い方だ。

そういえば彼は、女性不信だったと思い出す。クロエにはいつも優しいから、すっかり忘れていた。

「エーリヒはとても優しいのよ。強くて頼りになるし」

そうやって毎回フォローをしていたら、いつのまにか惚気《のろけ》ていると思われてしまった。エーリヒも無愛想だが、妻だけは溺愛している夫になってしまっている。

本当の夫婦ではないのに、いつのまにか近所でも評判のラブラブ夫婦になってしまったのだから、何とも不思議なものだ。

しばらくは、他愛もないおしゃべりを楽しんでいた。

「あ、あれってもしかして、魔石？」

友人のひとりが、リビングに置かれていた魔石を見て声を上げた。

「ええ、そうよ。エーリヒが買ってくれたの」

何気なくそう言うと、友人達から歓声が上がる。

「えっ？」

理由がわからずに首を傾げると、友人のひとりが教えてくれた。

「魔石って宝石よりも高価だから、結婚指輪の代わりとしても人気があるの。でも、これが買える人はなかなかいないのよね」

「あれだけ美形で、魔石を買えるくらいの資産があって、しかも妻以外の女性には目もくれないなんて、本当に素敵ね」

うっとりとそう言われて、クロエは戸惑いながらも微笑む。

（そういえば、最初の魔石は意味のあるものだって言っていたような気がする……。まさかね）

結婚指輪の代わりに買ってくれたなんて考えるのは、さすがに考え過ぎだろう。

今はあまり深く考えないことにして、友人達が帰ったあとは、また魔法の本を読むことにした。

クロエが読んでいるのは、魔法図鑑のようなものだ。

どんな魔法が開発されているのか紹介しているだけの、簡単なものである。

実際にここに書いている魔法を使えるようになるには、ひとつずつ魔法書を購入して、その魔法の仕組みを勉強しなくてはならない。

そして内容を完全に理解できるようになって初めて、その魔法を使うことができるのだ。

簡単な魔法書ならば図書館で借りられるが、高度な魔法書は高額で取引されている。

貴族の中には魔法が使えないにもかかわらず、希少な魔法書をコレクションしている者もいるらしい。買い集めることで希少価値を上げ、値段をさらに釣り上げるつもりなのかもしれない。

中には、魔法書の解説を職業にしている者もいる。もちろん、高度な魔法書の解説はかなり高額となる。

試しに初期魔法の魔法書を購入してみたが、なかなか仕組みが難しく、理解することができなかった。

でもエーリヒに言われて、クロエはそもそも理解する必要がないことに気が付いたのだ。

魔法は、その仕組みを理解しなければ使えるようにならない。

でもクロエは魔女だ。

どんな魔法があるか知りさえすれば、理解しなくても願っただけでそれを使えるようになる。

だから魔法書は不要であり、魔法図鑑があれば充分なのだ。

「やっぱり転移魔法って便利そうよね。うーん、使えるようになりたいけど……」

理解する必要がない代わりに、使えるようになるには、実地訓練あるのみである。

でもさすがに、失敗したらどこに飛ばされるのかわからない魔法の練習は、少し怖い。

(エーリヒが一緒にいるときに、練習しようかな?)

ふたり一緒に飛ばされるのなら、まだ何とかなりそうだ。

(あとは……。空を飛べる魔法もあるのね。これもやってみたいわね)

でも失敗して地面に落ちてしまったら、それも大変なことになってしまう。いくら理解する必要がないとはいえ、最初は初期魔法を地道に練習するしかなさそうだ。

(うーん、残念。でも、高価な魔法書を買わずに魔法を使えるのは、いいわね)

夢中になっているうちに、いつのまにか太陽が傾いていた。

オレンジ色の光が窓から入り込んでいることに気が付いて、慌てて立ち上がる。

「大変。そろそろ夕食の支度をしなきゃ」

本を片付け、すっかり馴染んだ黒髪を手早く纏《まと》めて、エプロンを付ける。

「今日の夕飯は何にしようかな?」

遊びに来た友人からもらった卵と、今朝商店から買ってきた野菜。そして、アイテムボックスには味噌漬けにしておいた魚があるはずだ。

「味噌漬けの魚を焼いて、野菜はスープ。あとは、たまご焼きにしようかな」

夕飯の準備ができる頃には、エーリヒも帰ってきた。

約束していた通り、水晶をたくさん買ってきてくれたようだ。

「ありがとう。これで魔石を作る練習ができるわ。あ、ご飯もできているよ」

「いい匂いだ。焼き魚かな?」

「うん。味噌漬けにした魚を焼いたの。すぐにご飯にしましょう?」

ふたりで食卓を囲む。

後片付けは、エーリヒがすべてやってくれた。

その間にクロエは、魔石を作る練習をすることにした。

ぱりん、という音がして、クロエは首をすくめた。

「うーん、なかなか難しい……」

手に残ったのは、砕けた水晶の欠片《かけら》だ。やはり水晶が脆《もろ》すぎて、魔力を込めようとすると粉々になってしまう。

それでも水晶が尽きるまで繰り返した結果、何個かは魔石らしいものを作ることができた。

「できた！　エーリヒ、どうかな？」

ようやく成功することができた。クロエは嬉しくて、傍で見守ってくれていたエーリヒにできたばかりの魔石を手渡す。

「すごいな」

彼はそれを受け取ると、大切そうに掲げた。

「綺麗だな。クロエの魔力はとても綺麗だ」

手のひらに乗るくらいの小さな魔石に、エーリヒは見惚《みほ》れていた。何だか恥ずかしくなって、クロエは視線を逸《そ》らす。

「それ、エーリヒにあげるね。私が最初に作った魔石だから」

「俺に？」

視線を逸らしたまま言うと、エーリヒの感極まったような声が聞こえてきた。

「ありがとう、クロエ。大切にする」

「最初だから、ちょっと下手かもしれないけど。でも、記念だから……」

言い訳のように言葉を続けたけれど、エーリヒはただ、手のひらの上にある魔石を嬉しそうに見つめている。

（そんなに喜んでくれるなんて思わなかったな……）

嬉しいけれど、少し恥ずかしい。

「魔石作りで疲れたから、今日はもう寝るね」

そう言って、さっさと寝室に逃げる。

手早く着替えをして、ベッドに潜り込んだ。

（でも、何だか魔石を作る感覚を掴《つか》めたような気がする）

もし大量生産できるようになったら、本格的に魔術師として魔法の勉強をするつもりだ。

生まれつき魔力があり、魔石なしでも魔法が使えるのが、『魔導師』。

魔法書などで魔法を学び、魔石を使って魔法を使うのが、『魔術師』。

（そして願っただけで魔法を使えるチートが、『魔女』ね）

クロエは復習するように、そう考える。

（できれば、小さな魔石は大量に流通させたいところだけど……）

このアダナーニ王国に魔導師だけではなく、魔術師も少ないのは、魔石があまりにも高価だからだ。

魔法を学んだとしても、それをしっかり身に付けるには何度も実践しなければならない。

だが魔石があまりにも高価なせいで、それを大量に入手できる階級の者でなければ、魔石を使ってさえ魔法を使うことはできないという状況である。

（魔石が高価なのは、魔導師が少ないせい。でも効果な魔法書を購入して、さらに魔石を大量に消費しないと、魔術師にもなれない……。難しい問題よね）

クロエならば安価な魔石を大量に作り出すことができるが、そうなると今度は貴族達に目を付けられてしまうらしい。

宝石よりも高価な魔石の売買は、貴族の大切な収入源になっているようだ。もちろん高度な魔法書も、他国よりもかなり高値で売られているらしい。

クロエとしては今のところ、貴族を敵に回してまでこの国の魔法改革をするつもりはない。落ち着いたらこの国を出て、他国を拠点とした冒険者になろうと思っている。

その日のために、こつこつと魔石を作ってアイテムボックスに入れておこうと思う。

そんなことを考えているうちに、本当に眠ってしまったらしい。

クロエは、夢を見ていた。

場所は、おそらくアダナーニ王国の王城だ。

静かな王城に、ひとりの女性の金切り声が響いていた。

「誰がこんなものを用意しろと言ったのよ！」

声と同時に、硝子《ガラス》の割れる音がする。

夢の中のクロエは、誰にも見つからずに自由に王城の中を歩き回れるようだ。それでもゆっくりと用心しながら、声の聞こえた方に向かって歩く。

（ここは……）

広くて大きな部屋に、豪華な調度品。

十人ほどいる侍女は、皆怯《おび》えたような顔をして、広い部屋の隅で震えていた。彼女達の視線は、部屋の中央に向けられている。
クロエもその方向に視線を向ける。
そこには、ふたりの女性がいた。
ひとりは年若い侍女らしく、顔を抑えて蹲《うずくま》っている。
その指の間に、流れる赤い血。
どうやら、硝子のコップを投げつけられたようだ。
(酷いわ。怪我《けが》をしているじゃない)
女の子の顔に傷をつけるなんて、許されることではない。
憤りながらもうひとりの女性に目を向ける。
先ほどの金切り声もおそらく彼女だろう。
美しく着飾った、一目で高貴な身分だとわかるクロエと同じような年頃の女性。
金色の巻き毛に、青い瞳をした美少女だ。
(……もしかして)
クロエはじっくりとその女性を見つめた。
彼女はクロエと同じ魔女だという、この国の王女ではないのだろうか。
王女はわがままにふるまい、侍女たちを平気で傷付け、役立たずと罵っている。
思っていたよりもずっとひどい。
こんな人にエーリヒが囚《とら》われていたのかと思うと、怒りが募った。

（もう絶対に、あなたには渡さないから）


「あれ？」

目が覚めた瞬間、クロエはエーリヒに抱きしめられていることに気が付いた。

近頃は毎朝のように、こうして目覚めている。

この状況よりも、それにもう驚かなくなっていることのほうが恐ろしい気がする。

（結構離れて寝たんだけどなぁ……）

昨日の夜は、ベッドの隅で眠ったはずだ。

こんなに広いのだから、普通ならこんなに密着しないのではないかと思う。

（もしかして、私ってよほど寝相が悪いとか？）

そうだとしたらエーリヒも迷惑だろう。

寝室は狭いが、何とかしてベッドをふたつ置いたほうがいいのかもしれない。

そんなことを思いながらも、エーリヒを起こさないように気を付けて、彼の腕の中から抜け出そうとする。

「ん……」

いつもならすんなりと抜け出せるはずだったが、今日のエーリヒは少し眠りが浅かったようだ。

目を覚ましてしまったようで、自分の腕から離れようとしているクロエに気が付いて、それを阻止しようと腕に力を込めた。

「あっ……、待って、エーリヒ」

慌てて離れようとするが、それよりも早く、エーリヒが再びクロエをその腕の中に閉じ込める。

「もう、離して！　朝ご飯作らないと……」

両手を彼の胸に押し当てて離れようとするが、エーリヒはクロエをしっかりと抱きしめたまま離さない。

「ねえ、エーリヒってば！」

耳元で大きな声を出しても反応がない。

しかもそのまま眠ってしまったようだ。

（どうしよう……。ちょっと恥ずかしいかも……）

視線を上げると、すぐそこにエーリヒの寝顔がある。

こうしてじっくりと眺めてみると、思わず溜息《ためいき》が出るくらい綺麗な顔だ。そんな男の腕に抱かれていると考えると、恥ずかしくてたまらなくなる。

（クロエも橘《たちばな》美沙《みさ》も、男性に免疫なさすぎる……）

戸惑いながらもどうすることもできずに、そのままじっとしているしかなかった。

「本当に、困ったのよ。起きないし、動けないし……」

それから、一時間後。

ようやく目を覚ましたエーリヒに、クロエは手早く朝食を作りながら文句を言っていた。

でも、まだ眠そうにぼんやりとしている彼は、あまり聞いていないようだ。

「もう……」

恥ずかしさを誤魔化すために、怒ったように言いながら、焼いたパンの上に卵とチーズ、そして薄切りのハムをのせた。

「はい、どうぞ。でもそんなに寝起きが悪くて、よく近衛《このえ》騎士が務まったわね」

「城では、ほとんど眠れなかった。あの屋敷でもそうだ。でも、クロエの傍はすごく心地良い……」

「……っ」

まったく動じていない彼に少し嫌味を言うつもりが、その言葉にかえってクロエのほうが動揺していた。

たしかエーリヒは公爵家の庶子で、父親に引き取られはしたが、息子としては扱ってもらえなかったと聞いていた。育った家でも、その後勤めた王城でも常に気を張っていたのかと思うと、文句を言い続けることなどできなかった。

「そ、そうなの？　まぁ、ゆっくり眠れたのなら、いいけど……」

「うん、クロエのお陰だ。とても助かっている」

まだ寝惚《ねぼ》けているのかと思っていた。

でも、その言葉通りに満ち足りたような顔をしているエーリヒの姿を見て、何だか感動してしまう。

（誰かに必要とされているって、いいなぁ）

クロエの記憶では、父はとても厳しく、婚約者には適当に扱われ、ずっと自分は価値のない人間だと思っていた。

いなくなっても誰も困らない。

自分の代わりなどいくらでもいる。

ずっとそう思って生きてきたようだ。

橘美沙としての記憶が蘇った今なら、父は必要以上に厳しかったし、婚約者だったキリフはあまりにも不誠実だったと思える。

でもクロエは他の世界を知らないこともあり、ただひたすら自分を責めていたようだ。

そんなクロエに、エーリヒは助けられていると言ってくれた。

それがこんなにも嬉しい。

「私も、エーリヒにはいつも助けられているから。お互い様だよ」

嬉しいと思うからこそ、自分も言葉にして伝えたいと思う。

そう言うと、エーリヒも幸福そうに微笑んだ。

「ありがとう、クロエ」

その笑顔が綺麗すぎて、また頬が熱くなる。

朝食を終えたあと、後片付けはいつもエーリヒがやってくれるから、クロエは紅茶を淹れてゆっくりと休んでいた。

ひと息入れたら、また魔法の勉強をしようと思う。

(そういえば……)

ふとクロエは、目覚める寸前に見ていた夢を思い出す。

エーリヒに抱きしめられていたことがあまりにも衝撃的で、忘れてしまっていた。

(あの人が、魔女だっていう王女様なの？　だとしたら、ひどすぎるわ)

あの若い侍女は無事だろうか。

あれだけ血が流れてしまっていたら、傷痕が残ってしまうかもしれない。

(ちゃんと治るといいな。どうか、綺麗に治りますように)

ひそかに祈ったクロエの願いは、本人はまったく気が付かなかったが、わずかに魔力を帯びていた。

第三章

「魔法の実践をしてみたいの」

この日。

朝食を終えたあと、エーリヒに今日の予定を聞かれたクロエは、力強くそう宣言した。

魔石の作成もかなりの確率で成功するようになり、それなりの数を用意することができた。魔法の練習をするには充分だろう。

そう思って魔法書も何冊も読み、知識も得ることができた。

あとは実践のみ。

「そうだな。知識も充分に得たようだ。あとは実際に使ってみるのが一番だろう」

エーリヒも、すぐに同意してくれた。

「それで、どこで練習すればいいかな？　この国には魔導師も魔術師も少ないって言っていたから、あまり派手にしないほうがいいよね？」

「魔法ギルドの練習場が使えればいいが……。ああ、いっそ魔法ギルドに登録してしまおうか」

「魔法ギルドに？　でも……」

自分達《じぶんたち》は逃亡中の身だ。

だからこそ、こうして身を潜めている。

公式の場に出て行けば、すぐに見つかってしまうのではないかと心配だった。

「うん。そのことだけどね。王城を出てから、俺はずっとメルティガル侯爵家の様子を探っていた」

エーリリヒが度々出かけていたことを思い出して、クロエは頷《うなず》く。

「うん」

「向こうがクロエを必死で捜しているのは間違いない。どうやらキリフ殿下との婚約に関して、王家と何か契約があったようだ」

「そうだったの？」

「団長に、キリフ殿下の機嫌を損ねないように命じられたと言っていたよね？」

「うん、そうよ」

エーリリヒの問いに頷く。

だからこそ前世の記憶が蘇《よみがえ》る前のクロエは、何とかして彼を繋《つな》ぎとめようとした。

「それが不思議だと思っていた。キリフ殿下は、はっきり言ってしまえば王家の血を引くということ以外、それほど価値がないからね」

「……はっきり言いすぎるような気もするけど、たしかに」

アダナーニ国王には、子供が四人いる。

正妃の子供は王太子の長男と、まだ十歳の三男。そして第二王子のキリフと魔女のカサンドラの母は、それぞれ違う側妃《そくひ》である。

側妃ではあるが、カサンドラの母は他国の王家の血を引く女性である。

それほど王位に近い血筋ではないらしいが、もし産後まもなく亡くなっていなければ、魔女を産んだ功績で正妃になっていたのではと噂《うわさ》されていた。彼女を娶《めと》るときに、王家はかなりの支度金を用意したらしい。

たいしてキリフの母は伯爵家の娘であり、実家の権力もそれほど強くはない。それを考えるとむしろキリフのほうが、クロエとの結婚で得るものが大きかったはずだ。

「でもあの人は……。父は、その王家の血が欲しいんじゃないかな？」

「そうかもしれないが、何か他の理由がありそうだ。だからこそ、クロエのことを必死に捜している。だけど団長は、ただやみくもに捜せと喚《わめ》き散《ち》らすだけだ。クロエがどこに逃げたのか、クロエには頼れる友人がいたのかとか、そんなことをまったく知らないようだ」

「だから王都の出口ばかりを、騎士を使って厳重に見張っているのね」

もっとも父が知らないのも当たり前で、クロエに頼れる友人などひとりもいなかった。

「そうだね。ただ今のクロエを見て、メルティガル侯爵家のご令嬢だと思う人はいないよ。たぶん、キリフ殿下や団長の目の前に立ってもわからないような気がする」

「え、そんなに？」

クロエは首を傾《かし》げて、自分の姿を眺めてみる。

変わったことといえば、髪を黒髪に、瞳を少し茶色がかった黒色にしただけだ。

「それだけ私に興味がないってこと？」

「まず彼らはクロエに魔力があることを知らない」

「うん、たしかに」

クロエだってこの間まで知らなかったくらいだ。

「そして、黒髪になったクロエは人目を惹《ひ》くほど綺麗《きれい》になった。俺としては、クロエは以前から綺麗だったと思うけれどね」

「あ、ありがとう……」

面と向かって言われると、つい頬が熱くなってしまう。

（もう、社交辞令かもしれないのに、いちいち反応しちゃう）

あまりにも男性に慣れていなくて、自分でも呆《あき》れるくらいだ。

「あと、クロエの雰囲気が以前とはまったく違う。以前のクロエはおとなしくて、すべて団長の言いなりだった」

「それは……。おとなしく言うことを聞いていたほうが楽だったから」

前世の記憶が蘇り、以前のクロエとはまったく違う存在になってしまった自覚はある。

言い訳のようにそう言う。

「たしかに。それは完全に同意する」

苦し紛れの言葉に、エーリヒは何度も頷いた。

彼も、王城でかなり苦労してきたのだろう。

「つまり、見た目も違う。性格もまったく違う。しかも魔導師としてギルドに登録してしまえば、誰も私だと気が付かないってこと？」

さらに、クロエは移民のような黒髪をしている。

この国の常識として、貴族女性が移民のふりをすることなど、あり得ないらしい。

クロエという名も、そう珍しいものではない。

「しかもクロエは、貴族の令嬢とは信じられないくらい、ここでの暮らしに馴染《なじ》んでいる」

「……そ、そうね」

たしかに屋敷《やしき》での生活よりも、ここでの暮らしのほうが性に合っている。

さすがにエーリヒにも不審に思われるだろうかと、上目遣いで彼を見上げた。

「えっと……」

「わかっている。いつか屋敷から逃げ出そうと思って、ずっと準備してきたんだろう？」

エーリヒは、そう解釈してくれていたようだ。たしかに、それが一番自然かもしれない。

「うん。そうなの。いつかは屋敷から逃げ出して自由になろうと思っていたから」

「俺もそう思っていた。だからずっと機会を窺《うかが》っていたんだ。それに、この国は他国から移住していた者だけではなく、身分証明書を持たない移民も多い。そういう人達はギルドに所属して信用を積み上げていくしかない。名を上げれば、移民でも国籍を与えられる」

そうすれば、王都の外にも出られるようになると、エーリヒは説明してくれた。

エーリヒは制度にとても詳しい。

本気で王女から逃れたくて、その方法を探していたのだとわかった。

クロエは黒に変えた髪に触れた。

馴染みのある色が良いと思って、黒髪にした。移民だと勘違いされる可能性があると言われても、変えるつもりはなかった。

「えっと、つまり私は移民として魔法ギルドに登録して、地道に依頼をこなして信用を積み上げる。そうやって、魔導師クロエとして人生をやり直すってことね？」

「そういうことだ」

なかなか魅力的な提案だった。

新しい人生を手に入れることができて、魔法を練習する場所も確保できるのだから。

本当に大丈夫なのかという不安はあるが、たしかにエーリヒの言うように、今のクロエは以前とはまったく別人だ。

「うん、やってみる。失敗したら、そのときに対処法を考えればいいもの。やる前から不安になっても仕方ないわ」

「ギルドに登録したら、魔石を作れるとアピールすればいい。魔力はそれほど多くなくとも、コントロールが得意な人は魔石を作るのが上手《うま》い」

「魔力があることを、隠さなくてもいいってこと？」

「侯爵令嬢クロエとの差別化のためにも、そうしたほうがいい。それに、この国出身の魔導師は全員王城に勤めているが、異国人を採用することはない」

魔力があると公言することで、侯爵令嬢クロエとの差別化ができ、さらに魔法ギルドでの価値を上げることができるようだ。

最初は魔石を使って魔力のない魔術師として生きていこうと思っていたが、エーリヒの言うように、魔力があることを公言したほうが、父に見つかる可能性が少なくなるようだ。

もちろん、魔女であることは絶対に内緒だが。

「わかった。あまり上等な魔石を作らないように、それだけ気を付ければいいのね」

「その通りだ。小さい魔石はそれほど大きな利益にはならないが、需要がある。実績はそれで簡単に作ることができるだろう」

エーリヒの提案に、クロエは頷いた。

「うん。さっそく魔法ギルドに行ってみたいけど、エーリヒはどうするの?」

彼は魔法こそ使えないが、剣の腕はあの父が認めるほどたしかだ。クロエと同じように、冒険者ギルドに所属するのが一番よさそうだと思う。

だが彼の場合は、クロエと違って変装もしていない。しかもこれほどの美形だと、すぐに噂になってしまうだろう。

心配だったが、エーリヒはその辺りはまったく気にしていなかった。

「俺も冒険者ギルドに行って登録する。一緒に行って、パートナー登録をしてしまおうか」

「パートナーって、つまりパーティーを組むってこと?」

「そう。互いの依頼に協力しあうことができる」

「エーリヒと一緒なら私も心強いけど、大丈夫なの? 王女殿下に見つかったりしたら……」

「俺は大丈夫だ。どうせ、もうすぐ処分される人形だったから」

「しょ、処分？」

物騒な言葉に、思わずエーリヒを見上げる。

彼は自分のこととは思えないほど、淡々と話してくれた。

「アウラー公爵令嬢……。異母姉《あね》のクラーラのときと同じだ。もうすぐ婚約者が決まる年頃の令嬢が、いつまでもお気に入りの人形を傍《そば》に置いているのは体裁が悪い。国王陛下は、そろそろ俺を王女殿下から引き離そうと思っていたようだ」

いくらわがまま放題の魔女カサンドラでも、国王には逆らわない。

王女は魔女の力が判明したばかりの頃、あまりわがままを言いすぎて、国王によって塔に幽閉されたことがあるらしい。

魔法の発達したジーナシス王国に特注して作ったというその部屋の中では、いっさい魔法を使うことができないという。

「それじゃあ、もう少し待っていたらエーリヒは自由になれたんじゃないの？」

国王がそう決めていたのなら、わざわざ逃げ出す必要はなかったのではないか。そう指摘すると、エーリヒは首を横に振る。

「残念だが、それは不可能だった。王女殿下のお気に入りの俺を、疎んでいる者も大勢いた。後々、面倒なことになっても困る。だから事故に見せかけて殺すつもりだったようだ」

エーリヒは自分の立場の危うさを、よく理解していた。

いつ殺されるか、わからない。

そう思いながら、常に周囲を警戒していたのだ。

だからこそ、自分を処分する計画も事前に知ったのだろう。

「でも、計画を知っていても、クロエがいなかったら逃げ出すこともできなかったからね」

「……そんな」

お気に入りの玩具なら、子どもが片時も離さずに自分のものだと主張することも、大人になれば不要になり、処分することもあるかもしれない。

だがエーリヒは人形ではない。人間だ。

そんな扱いをする王女にも国王にも、怒りがこみ上げる。

「ひどいわ。そんなことをする人達は……」

「クロエ」

憤りのまま言葉を口にしようとしたクロエを、エーリヒが抱きしめた。

突然の抱擁に驚いてしまって、怒りが消えていく。

「エーリヒ？」

「あんな奴《やつ》らがどうなろうと関係ないけど、クロエがあとで苦しむのは嫌だ。だから、落ち着いて？」

「あ……」

そう言われて、自分が強く願ったことを叶《かな》えてしまう魔女だったことを思い出す。怒りのままに、ひどいことを願ってしまうところだった。

「ごめんなさい、エーリヒ。止めてくれてありがとう」

「クロエが俺のために怒ってくれたことは、嬉《うれ》しいよ」

神々しいほどの笑顔でそんなことを言われて、恥ずかしくなって視線を逸《そ》らした。

「これくらい、当然よ。だって相棒だもの」

慌ててその腕の中から抜け出しながら、そう言う。

エーリヒの手が、名残惜しそうにクロエの黒髪に触れたことには、気付かないふりをした。

そうでなければ、とても心臓が持ちそうにない。

「えっと、つまりエーリヒは、普通に出歩いても平気なの？」

「王城さえ出てしまえば、多分ね。俺を捜す人は誰もいないし、処分しようとしていたものがなくなったからといって、わざわざそれを捜す人もいない。王女殿下だって、またすぐ別のものに夢中になるだろう」

「……それなら、いいんだけど」

王女はエーリヒを常に魔法で監視していたり、王城から出られないようにしていた。それを聞くと本当に王女が彼を忘れてくれるのか、少し不安になる。

でも今から悩んでも仕方がない。

できることからやるしかないと、気持ちを切り替えた。

もともと、あまり思い悩む質《たち》ではない。

「じゃあ、さっそく一緒にギルドに行く？」

「ああ。ただ、移民として登録する場合には、気を付けなくてはならないことがある」

エーリヒの目は、クロエを案じているように見えた。

真剣な表情に、クロエも気を引き締める。

「うん。何かな?」

「このアダナーニ王国はただでさえ移民に厳しい。とくにこの国の国籍を持たない移民は、ギルド内でさえ差別されることが多いようだ。クロエはこの国の人間だけど、移民として登録してしまうと、移民を嫌う者達のターゲットにされてしまうかもしれない」

この国の者によくあるような、茶色の髪にした方がいいかもしれないとエーリヒは言う。

クロエがそんな差別を受けてしまうかもしれないと、心配してくれているのだろう。

でも、侯爵家から逃げ出してきたクロエには、身分を証明するものは何もない。

外見だけこの国の人間を装ったとしても、身元を証明できないのでは、やはり移民として登録されてしまうだろう。

それなら、馴染みのあるこの色がいい。

「私なら大丈夫よ。そんなのには負けないから」

にこりと笑って、そう言う。

「クロエがそう言うなら」

エーリヒは心配しながらも、承諾してくれた。

もともと、女性の立場があまりよくない国である。

さらに他国の人間を嫌い、移民を差別する。

ここはそんな国なのだ。

「くだらない国だわ」

思わずそう言い捨てると、エーリヒは同意するように頷いた。

「そうだね。俺もそう思うよ」

その綺麗な顔を見つめながら、自分達はよく似ているのかもしれないと思う。

父に支配され、婚約者には軽んじられてきたクロエと。

自由を奪われ、人格さえ認めてもらえずに、ただ人形のように扱われてきたエーリヒ。

「上等だわ」

クロエはエーリヒに笑顔を向ける。

まさに、最下層からのスタート。

でも、だからこそ闘志がわく。

ここから這《は》い上《あ》がって、自分の手で未来を摑《つか》み取《と》ってやろうと決意する。

どうせギルドに行くのなら魔石をいくつか買い取ってもらおうと、肩掛け鞄《かばん》に入れておく。

何の変哲もない鞄のようだが、実はこの中はアイテムボックスに通じている。

（こういうの、ゲームにあったよね）

そう思って試しにやってみたが、なかなか便利だ。

それに何も知らない人が見れば、鞄から取り出したようにしか見えないだろう。

「水晶もいくつか持っていったほうがいい。その場で作ってみろと言われるかもしれない」

それを見ていたエーリヒが、アドバイスしてくれた。

「……そうね。目の前で、完璧に作って見せるわ」

戦闘モードでそう言うクロエを、エーリヒは笑って宥《なだ》めてくれる。

「あまり気合を入れすぎて、暴走しないように」

「う、うん。わかっているわ」

魔力を込めすぎて、魔法ギルドで水晶を爆発させたら大変だ。

「気を付けて頑張る」

どんな状況だと笑うエーリヒの姿に、緊張が少しほぐれる。

「早速、登録しに行こう。どちらから行く？」

「エーリヒが先でも大丈夫？　勝手がわからないから、どんな感じなのか見てみたいわ」

「わかった。じゃあ冒険者ギルドから行こうか」

歩調を合わせてゆっくりと歩いてくれるエーリヒと一緒に、冒険者ギルドに向かう。

目的の建物は、王都の中心にあった。

(ここが冒険者ギルドかぁ。うん、イメージ通りね)

ゲームでおなじみの冒険者ギルドは、煉瓦《れんが》造りの頑丈そうな三階建ての建物だった。

剣と盾を組み合わせたような看板が掲げられ、いかにも歴戦の戦士といった容貌の男が出入りしている。

(何だか雰囲気が怖いなぁ。ゲームとかだと、もっと初心者大歓迎みたいな感じだったけど)

現実では初心者らしき者など皆無で、がっちりとした体形のたくましい男ばかりだ。そんな中で、エーリヒのような優美な見かけの者はかなり目立っている。

しかも女性連れなのでなおさらだ。

(エーリヒ、大丈夫かしら……)

幼い頃から鍛えられ、剣の腕もたしかだと聞いているが、それも騎士としてだ。

こんな荒くれ者のような男達に交じって大丈夫なのか、かなり心配になってきた。

「ねえ、エーリヒ」

無理しなくても大丈夫だからと、告げるつもりだった。

魔石を売るだけで十分暮らしていけるだろうし、エーリヒが怪我《けが》でもしたら大変だ。

だが、それを言うよりも先に背後から腕を摑まれる。

「きゃっ」

驚いて振り返ると、おそらく冒険者らしき二人組の男が、値踏みするような視線をクロエに向けている。

「移民の女か。なかなか美人じゃないか」

「冒険者になりたいなら、そんな優男《やさおとこ》と組むより俺達と行こうぜ。楽に稼がせてやるよ」

うすら笑いを浮かべてそう言う男達に何か言う前に、エーリヒが割り込んできた。

「クロエを離せ」

「何だと。てめえ、俺達に……」

歯向かうのか。もしくは逆らうのか、と言いたかったのだろう。

だが男の言葉は、途中で悲鳴に変わった。

「い、いてえっ」

クロエの腕を摑んでいた男の手が緩んだ。

その隙に急いで逃げ出し、エーリヒの傍に駆け寄る。

それから振り返って何が起こったのかたしかめると、エーリヒがその男の腕を摑んでいた。

ただそれだけなのに、男は真っ赤な顔で悲鳴を上げている。

男の腕は丸太のように太く、エーリヒの手では摑み切れないほどだ。

それなのに男は情けない悲鳴を上げていた。

エーリヒの細い腕のどこに、そんな力があったのだろう。

「クロエ、大丈夫?」

「え、うん。もちろん大丈夫」

やや呆然《ぼうぜん》としながら頷くと、エーリヒはにこりと笑った。

「じゃあ行こうか」

そう言うと、男の腕から手を離した。

男は腕を抑えたまま蹲《うずくま》り、彼の相棒らしき男は呆然とこちらを見ていた。

そんな男達をもう顧みることもなく、エーリヒがクロエの手を取って歩き出すと、自然と周囲の人達が避けていく。

先ほどまでこちらを侮り、値踏みするような視線を向けてきたのとは大違いだ。

ふたりのことを、世間知らずの獲物が来たとでも思っていたのだろう。

自由に生きられるという冒険者に憧れ、彼らのような者達の餌食になった人が、今までもたくさんいたのかもしれない。

たしかに自由ではあるが、弱肉強食の世界でもある。

（それにしても……）

クロエは自分の手を引いて歩くエーリヒを見て思う。

見た目に反した力に、あの父が認めたほどの剣の腕を持っている。自分の魔法の力もかなりチートだと思ったが、彼もそれに近いのではないか。

（何だかすごいことになりそうな……）

国籍を得るどころか、別の意味で目立ってしまうかもしれない。

（まぁ、いいか。私達が、誰も手が出せないくらいの実力者になればいい話だもの）

今から心配しても仕方がないと、先を歩くエーリヒに続いてギルドの扉をくぐった。


クロエは、目の前にある壁を眺めていた。

コルクボードのような掲示板には、たくさんの依頼書が貼られている。

中には色褪《いろあ》せて、文字が読み取れないものもあった。受けてくれる者がいないまま、それでも貼り続けているところに、依頼主の執念を感じる。

興味はあったが、残念ながら日に焼けて文字が読み取れない。

これを貼り続ける意味はあるのだろうか。

（……ないわね）

気を取り直して、比較的新しい依頼書に目を通す。

（薬草採取とか、本当にゲームみたいね。初心者向けのクエストって感じだわ）

魔石製作の依頼もあり、なかなか金額が良かったので、今度受けてみようかと思う。

その後も、色んな依頼書に目を通していた。

「……」

ようやく背後が静かになったので、クロエは振り向いた。

あれから気を取り直してギルドの建物に入ったが、またすぐに屈強な男達に絡まれてしまった。

やはり実力主義の世界なので、エーリヒのような優美な外見は目立つし絡まれやすい。

最初は彼も、相手にしていなかった。

だが先ほどと同じく、男達がクロエに目を付けた途端に豹変《ひょうへん》し、力技で黙らせること、数回。

心配していたクロエも、エーリヒは強いから大丈夫だと判断し、こうして依頼書を見て時間を潰していた。

「エーリヒ？」

心配ないだろうとは思っていた。

けれど彼の周囲に転がる男達の多さに、思わず声を上げた。

「だ、大丈夫？　怪我していない？」

せいぜい二、三人くらいだろうと思っていたのに、エーリヒの周辺には十人くらいの男達が転がっていた。

いくら何でも、ひとり相手にひどすぎる。

そう憤って彼の元に駆け寄ると、腕を引いて抱き寄せられた。

「へ？」

いきなりの抱擁に、我ながら間抜けな声が出てしまう。

「他にクロエに手を出したい奴はいるか？　何人でも相手になるぞ」

威圧するような低い声。

今まで見たこともない冷酷な視線に、息を呑《の》む。

（エーリヒ？）

クロエの前では見せたことのない顔だ。騎士団に所属していた頃、彼が氷の騎士と呼ばれていたことを思い出す。

思わず彼の腕に手を添えると、エーリヒは途端に、にこりと笑った。

「ごめん、待たせたね。何か良《い》い依頼はあった？」

「……う、うん。魔石製作の依頼とか」

「いいね。登録したら受けてみようか」

エーリヒは周囲の惨状などまったく顧みず、クロエの手を取ったままギルドの受付に向かう。

受付には、中年の男性がいた。

床に転がる男達を見ても、驚いた様子も見せないところから考えると、ここではよくあることなのか。

ここは可愛《かわい》いギルド嬢だろう、とひそかに思ったクロエだったが、この治安の悪さだ。女の子には、危険すぎる職場かもしれない。

「ああ、見ない顔だと思ったら新人だったのか。初日にいきなり絡まれるのは不運だったが、あんた強いな」

新規加入の手続きをしてくれた中年のギルド員が、感心したように言う。

「あれだけの人数を素手で叩《たた》きのめすとは。それに、多人数との戦いに慣れているな」

「ああ。元騎士だからな」

あっさりと白状したエーリヒの言葉に周囲がざわつく。

(え、大丈夫なの？)

クロエのことだと慎重なのに、自分のことにはあまりにも無頓着な彼の様子に心配になる。

自分のことなど誰も気にしない。

どうでもよいと思っているようだが、あの何重にも掛けられた魔法を考えると、王女はかなりエーリヒに執着している。

「元騎士だって？　じゃあ、あんたはやっぱり貴族か？」

エーリヒの目立つ銀色の髪を見つめながら、男がそう問いかける。

銀髪はこの国の貴族にもいるが、どちらかといえば北方の国に多いらしい。冒険者ギルドに所属しようとしていたのだから、北国の人間だと思われていたのだろう。

「いや、ただの庶子だ。それに、クロエと生きるためにすべてを捨ててきた」

「ふぁっ？」

急に引き合いに出されて慌てるクロエの耳元で、エーリヒが彼女にだけ聞こえる声で呟《つぶや》く。

「……という設定で」

自分達はどうやら、元騎士と移民の女性の駆け落ちという設定らしい。

だからエーリヒは、クロエに手を出そうとした男達をすべて叩きのめしたのだろう。

身分や地位を捨てるほど愛した女性を守るのは、当然のことだ。

（わかったわ。設定ね！）

演技なら任せて、とクロエは自分を抱きしめるエーリヒの腕に手を添えて、愛《いと》しそうに彼を見上げて微笑《ほほえ》んでみせた。

完璧な笑顔だと思っていたのに、なぜかエーリヒは視線を逸らしてしまう。

（あれ、駄目だった？）

白い肌が薄紅色に染まっているので、自分で言い出しておいて恥ずかしくなったのかもしれない。

「まぁ、ギルドで名を挙げれば、移民でも国籍を与えられる。そうなったら結婚も可能だから、頑張れよ」

中年のギルド員はそう言って励ましてくれた。

そう。目指しているのはその国籍なのだから、頑張って功績を残さなくてはならない。

「ありがとう。ふたりの未来のために頑張るわ」

沈黙してしまったエーリヒの代わりにそう言うと、彼は無言のままクロエの手を引いて受付から立ち去る。

「エーリヒ？」

「次は隣にある魔法ギルドに行こう。クロエもギルド登録をしなくては」

「そうね」

どうやら立ち直ったようで、普段の彼に戻っていた。でも、手を放してくれない。むしろさっきよりも抱き寄せられている。

「えっと、もう少し離れてくれないと歩きにくいよ？」

「……魔法ギルドは女性が多い。だから、傍にいてほしい」

彼は女性が苦手だったことを思い出して、納得する。

「何となく手順はわかったし、ひとりでも……」

「いや、クロエの登録が終わったらパートナー登録をするから、俺も行く必要がある」

「そっか。じゃあ、一緒に行かなくちゃね」

エーリヒがここで男達から守ってくれたように、今度は自分が守らなくては、と決意する。

「今度は私が守ってあげる。だから大丈夫だよ」

手を差し出すと、ぎゅっと握られる。

そのまま手を繋いで、隣の建物に向かった。


魔法ギルドの入口を開くと、お香のような匂いが漂ってきた。

不思議に思って視線を巡らせると、奥の壁に薬草が干してあるのが見えた。

(何の匂いかしら?)

あれの匂いかもしれない。

どうやら魔法ギルドは、薬も扱っているようだ。薬師《くすし》らしき女性が、カウンターで大量の薬を納品していた。

(あれって何だろう。ポーションとか? 薬師じゃなくて、錬金術師だったりして)

興味を持って見つめていると、視線を感じたのか、薬師らしき人が振り向いた。茶色の髪をした少し年上の女性だった。

彼女はクロエを見ると、不愉快そうに顔を背ける。

よく見れば彼女だけではなく受付の女性も、依頼を見ていた魔法ギルドに所属している人達も、こちらを見下すような視線を向けていた。

(なるほど、これが移民の女性に対する態度なのね)

クロエのような黒髪は、このアダナーニ王国には存在していない。

国民のほとんどは、茶色や赤色の髪をしている。貴族には金髪が多く、稀《まれ》にエーリヒのような銀髪がいるくらいだ。

だから見ただけで移民だとわかるクロエに、女性達は厳しい視線を向けているのだろう。移民は差別されているからと、エーリヒが心配してくれた通りのようだ。

ここはあまり良い国ではない。

それが、前世を思い出してからずっと抱いている印象である。

「クロエ、受付はこっちだ」

そんな女性達を睨《にら》むようにしていたエーリヒは、クロエの手を取って歩き出した。クロエに向けられていた視線が、いっせいに彼に集まる。

煌《きら》めく銀髪に、人形めいた美しさの容貌。

女性達の熱っぽい溜息《ためいき》まで聞こえてきたが、エーリヒは視線を向けられることさえ不愉快そうだ。繋いでいた手に力が込められているのがわかった。

どんな目に合えば、ここまで女性不信になるのだろう。

夢で見た王女は可愛らしい容貌をしていたと思うが、中身はクロエの父や元婚約者よりも酷《ひど》かった。あれが本当の王女なのか確かめていないが、おそらく確定だろうと思っている。

(もうあんな王女に、エーリヒは渡さないからね)

繋いでいる手に、クロエも力を込めた。

新規ギルド員になるための申し込みをしている間、エーリヒはクロエの腰に手を回してしっかりと抱きしめている。

（さすがに人前で恥ずかしいけど……）

振り払う気になれないのは、抱きしめられているのではなく、縋《すが》られているように思えるからだ。

最初にクロエを見て嫌な顔をしたギルド員も、さすがに仕事のときはきちんと対応してくれた。

（もしかしたら、それもエーリヒがいるから？）

それは、誰もが見惚《みほ》れるほどの美形だからという理由ではない。

エーリヒの銀髪は、父であるアウラー公爵譲りである。

北方の人間という可能性もあるが、貴族かもしれないと思えば、彼の機嫌を損ねてはいけないと考えたのだろう。

この国の力関係ははっきりしている。

王族、貴族、一般市民。正規の手続きで移住した外国人。そして移民だ。

「登録はこれで終わりです。質問がありましたらどうぞ」

淡々とそう言う受付の女性に、クロエは振り返ってエーリヒを見た。

「ええと、彼とパートナー登録をしたいんですが」

「それと、クロエの魔力登録を」

黙って見守っていたエーリヒがそう口を挟む。

「魔力登録？」

聞いたことのない言葉に、クロエは首を傾げた。

「魔力……。あの、魔導師なのですか？」

受付の女性の口調が、急に丁寧なものになった。

「そうだ。クロエは魔石が作れるから、トラブルを防ぐためにも魔力登録が必要だ。手続きをしてくれ」

「ま、魔石を？」

エーリヒのその言葉で、周囲がざわめいた。

クロエに向けられた嫌悪の視線はすべてなくなり、むしろ羨むような視線を感じる。魔石を作れるというのは、クロエが思っていたよりもすごいことらしい。

「は、はい。手続きの準備をしますので、少々お待ちください」

ギルド職員が奥に駆け込んでいく。

クロエはエーリヒに抱かれたまま、彼を見上げた。

「魔力登録って、何？」

「クロエの魔力を登録しておくと、魔石を作ったのが間違いなくクロエだと証明できる」

誰かがクロエの作った魔石を自分が作ったものだと偽って売ろうとしても、それをしておけばすぐに嘘《うそ》だとわかるようだ。

（つまり転売防止、ってことよね？）

女性で、しかも移民であるクロエを軽く見て、手柄を横取りする者が現れる。エーリヒはそう考えて、しっかりと対策してくれたのだろう。

「わかったわ。ありがとう」

自分のために色々と考えてくれたので素直にお礼を言う。

するとエーリヒは、クロエにそう言われたのが嬉しくてたまらないとでも言うように、目を細めて笑う。

その優しい笑顔に胸がどきりとした。

（演技、だよね。そういう設定だから……）

深く考えてはいけないと、気持ちを切り替える。

今は、このミッションをクリアしなくては。

「お待たせしました」

ふと、耳に心地よい低音ボイスが聞こえてきて、クロエは我に返る。

顔を上げてみると、先ほどの受付の女性の他に、魔導師らしき男性が現れた。

濃い茶色の髪は光の加減で黒にも見えて、外国人なのか、それともこの国の者なのか不明だった。

背がとても高く、なかなか整った顔立ちをしている。

年齢は、エーリヒよりも少し上くらいか。物腰は穏やかだが、こちらを窺うような瞳に警戒を感じる。

「初めまして。私は魔法ギルド所属のサージェと申します」

彼は丁寧にそう言うと、まっすぐにクロエの目を見て微笑んだ。

胡散臭《うさんくさ》い。

それがクロエの第一印象だった。

妙に自信がありそうな笑顔も、気に障る。

たしかに多少は整った顔立ちをしているかもしれないが、エーリヒと比べたら天と地の差である。

「魔力の登録だったね。こちらで行いますから、どうぞ」

にこりと微笑んでいるが、目が笑っていない。

(何か、嫌だわ)

差し伸べられた手を無視して、クロエは振り返ってエーリヒを見る。

「登録、今日じゃなくてもできるよね」

「ああ、そうだな」

エーリヒも彼を警戒しているようで、クロエを抱きしめたまま離してくれなかった。

「すぐに依頼を受けるわけじゃないし、もう少し考えてからにします」

そう告げると、サージェは大袈裟《おおげさ》に溜息をつく。

「魔力登録を希望していると聞いたので、他の仕事を放り出して駆け付けたのですよ。簡単に言われても困ります。それに魔力があるのなら、魔力の登録は必須ですから。さぁ、向こうの部屋に行きましょう」

彼は、どうしてもクロエを奥の部屋に連れて行きたいようだ。

もう一度クロエに向かって伸ばされた手を、エーリヒが振り払う。

「そんな規約はなかったはずだ。今日はギルドの登録と、パートナー契約だけで」

そう言いかけたエーリヒの腕を、サージェが摑んだ。

指が白くなっているので、相当な力が込められているのだろう。

「エーリヒ？」

慌てて縋るクロエを、エーリヒは片手で背後に庇《かば》う。

「何のつもりだ」

「この国の貴族がどんなに腐敗しているか。よく知っているんですよ。あなたは魔力のある移民の女性を、魔石作りのために酷使するつもりなのでは？」

どうやら彼は、移民であるクロエを、貴族のエーリヒが利用していると勘違いしているようだ。

エーリヒの見た目が整いすぎていることも、その要因かもしれない。

貴重な魔力持ちの移民をその外見で誑《たぶら》かし、騙《だま》して魔石作りをさせるように見えたのだろう。

「違うの。エーリヒは、私のために」

勘違いに気が付いて、クロエは慌ててふたりの間に入る。

利用するどころか、エーリヒはクロエのために色々と考えてくれている。

「大丈夫です。あなたは何も心配しないで」

勘違いしたまま、サージェはクロエに優しく告げる。

「いくら貴族でも、彼はもうギルドに登録していましたから。ギルドに所属してしまえば、身分は不問なのですよ」

そう言って、エーリヒには厳しい視線を向ける。

「あまり移民を……。魔導師を舐《な》めない方がいい」

「……っ」

エーリヒの押し殺した声と同時に、強い静電気のような音がした。

慌てて顔を上げると、サージェから魔力を感じた。

彼は魔導師だ。

その力の向かう先を辿《たど》ったクロエは悲鳴のような声を上げ、サージェを思い切り突き飛ばしてエーリヒから引き離す。

「エーリヒ！」

サージェは掴んだ腕に、雷撃の魔法を放ったようだ。声は出さなかったが、相当の痛みがあっただろう。

「大丈夫？　痛くない？」

解放したエーリヒの腕を胸に抱きしめて、クロエは狼狽《うろた》えていた。

「君は騙されているんだ。目を覚ませ」

なおもそう言う彼の頬を、クロエはカッとして思い切り叩いた。

「勝手なことばかり言わないで！　エーリヒは、（父と婚約者から）逃げ出した私を（便乗して）

追いかけてきてくれたの。ふたりですべて（のしがらみ）を捨てて、（相棒として）一緒に生きようと約束したのよ」

エーリヒの提示してくれた設定を使い、本当のことを上手く隠しながら本気の言葉をぶつける。

そして彼を庇うように前に出た。

「クロエ……」

そんなクロエを、背後からエーリヒが抱きしめる。

それはどう見ても、互いに想《おも》い合《あ》う恋人同士にしか見えなかった。


そして。

「すまなかった」

魔法ギルドの奥の部屋で、クロエはエーリヒと並んで座っていた。

目の前にいるのは、魔法ギルド員の職員と、先ほど盛大な勘違いをしてクロエに平手打ちをされたサージェだ。

あれから駆け付けた別のギルド員に、エーリヒも同席してちゃんと魔力登録をしてもらった。

そのあとに謝罪をしたいと言われて、ここに案内されたのだ。

サージェはふたりに向かって深々と頭を下げる。

「おふたりが身分を捨てて駆け落ちしたとは知らず、勝手に勘違いをしてひどいことをしてしまった。本当に申し訳ない」

「いや、誤解が解けたのなら、それで構わないのだが……」

エーリヒが戸惑っているのは、クロエが謝罪さえ受け入れないとでも言うように、そっぽを向いて黙り込んでいるからだ。

サージェは移民出身の魔導師で、魔法ギルドの正職員になる前はとても苦労したらしい。とくに魔石の利益に目の眩《くら》んだ貴族には、相当ひどい目に遭わされたようだ。

それには同情しなくもないが、こちらの言い分を一切聞かず、エーリヒを攻撃したことを許すつもりはない。

これでも不幸を願いそうになる心を、必死に制御しているのだ。

「クロエ」

エーリヒが宥めるように、クロエの黒髪に触れる。

「俺は大丈夫だから、機嫌を直して？」

耳元で囁《ささや》くように言われて、思わず頬が染まる。

「……エーリヒが、そう言うなら」

優しく髪を撫《な》でられ、手を握られて。

甘い声で名前を呼ばれてしまえば、怒り続けることができなくて、最後にはそう言ってしまった。

間に入った魔法ギルドの職員は、あきらかにほっとした様子だった。

誤解していたとはいえ、無抵抗の人間に魔法で攻撃したのだから、本来なら免職になっていてもおかしくはない。

だが彼が貴重な魔力持ちの魔導師だということで、ギルド側も何とか穏便に収めたいと思っていたようだ。


「まぁ、ギルドに貸しを作れたな」

ふたりの家に戻ったあと、エーリヒはそんなことを言って笑う。

「もう、本当に心配したんだから。急に魔法で攻撃してくるなんて」

いくら虐げられていた過去があったとしても、魔法で攻撃して良い理由になんかならないはずだ。

それも、あれほどの強さで。

「結構強い魔法だったわ」

サージェという男は、かなり強い魔導師のようだ。

「そうだな。まだ少し、腕が痺《しび》れるくらいだ」

「えっ」

クロエは慌てて、エーリヒの腕に両手を添えた。

「そういうことは早く言って！　どうしよう、回復魔法って私にも使えるかな……」

強く願えば、叶う。

それが魔女であるクロエの力だ。

「治りますように」

もうあんな光景は見たくない。

エーリヒが傷付かないように、精一杯祈りを込めて祈った。

「どうかな？」

「……すごいな。痛みも痺れも消えた」

痛みまであったのかと、クロエは顔を顰《しか》める。

「私には治せる力があるんだから、今度から隠さないで」

絶対にそうして欲しいと詰め寄れば、エーリヒは決まり悪そうに顔を背ける。

「エーリヒ？」

「クロエの前で他の男にやられたなんて、格好悪くて」

それで隠していたようだ。

「でもクロエがあんなに心配してくれるとは思わなかった。すごく嬉しい」

腰に手を回され抱き寄せられて、慌てて離れようとする。

「ちょ、ちょっと待って。ここは家だから。今は恋人の振りをしなくてもいいのに」

「何を今さら。毎日抱き合って眠っているのに」

「言い方！　そんなこと言うなら、別々に寝るわ」

恥ずかしくなって叫ぶようにそう言う。

「俺はあのベッドが気に入っているから、嫌ならクロエがソファで寝るしかない」

「私だって気に入っているわよ！」

ふかふかのベッドを捨ててソファで寝る気はない。

「だったら一緒に寝るしかないね」

頷くのが悔しくて顔を反らすと、宥めるように髪を撫でられた。

「本当に、心配したのよ」

「うん。クロエは昔から変わらないな」

優しく慈しむような声でそう言われて、思わず顔を上げる。

「え？」

不思議そうに首を傾げるクロエに、エーリヒは過去を懐かしむように告げる。

「昔から優しかった。よく俺のことを気にかけてくれたから」

「エーリヒのことを？」

クロエの過去は、あやふやにしか覚えていない。

そんなことがあっただろうかと、首を傾げる。

「ああ。俺がまだ見習い騎士だった頃の話だ。異母姉が結婚するからって騎士団に放り込まれたけど、昔は結構軟弱だったからよく死にかけていた。似たような境遇の者ばかりだったから、訓練と称して憂さ晴らしに殴られることも多かった。侯爵家のお嬢様が……、クロエが助けてくれなかったら、本当に死んでいたかもしれない」

過去を思い出すように目を細めて、エーリヒは語る。

「怖くて震えていたのに、俺の手当をしてくれて。これ以上殴られないように、傍にいてくれた」

王女から逃げ出すために、クロエの逃亡に便乗した。

そう言った彼の言葉は嘘ではないのだろう。

だが他人から見れば凄惨な過去を、まるで大切な思い出のように話す様子から考えると、それ以上の想いが込められているのは明白だった。

エーリヒはクロエだからこそ逃亡の旅に同行し、世間知らずなクロエが騙されないように、つらい目に合わないようにと守ってくれたのだ。

昔、助けてもらったというメルティガル侯爵令嬢のクロエのために。

もしかしたら、好意を持ってくれているのかもしれない。

あれほど女性を嫌悪しているエーリヒが、クロエにだけは、自然に笑顔を見せてくれる。

ふざけるように、そしてこれは演技だと言いながらクロエを抱きしめる腕が、いつだって拒絶を恐れて緊張していることに気が付いていた。

クロエだって相手がエーリヒでなければ、同じ家に住むことはもちろん、一緒に旅をすることだって考えられなかっただろう。

まして、同じベッドで寝たりしない。

(でも……)

好意を持っている相手が同じ気持ちであるとわかっても、素直に喜べない。

エーリヒがクロエに好意を持って大切にしてくれるのは、見習い騎士だった頃の彼を助けたからだ。

　だが、その記憶が今のクロエにはなかった。

　前世を思い出してから、「橘《たちばな》 美沙《みさ》」としての記憶が強くなっている。

　もちろんクロエも自分だという認識はあるが、過去のことはほとんど覚えていなかった。

　エーリヒが大切に思い、守ろうとしているのは今のクロエではない。

　前世の記憶がなかった頃の、気弱で優しい「クロエ」。

（どうしよう……。私は……）

　記憶がはっきりとしていないせいで、彼が言っているのは間違いなく自分のことなのに、エーリヒを騙しているような感覚に陥ってしまう。

「クロエ？」

「……嫌っ」

　そんなことを考えていたせいで、差し出された手を思わず振り払ってしまった。エーリヒの顔が強張《こわば》るのを見て、罪悪感が沸き起こる。

「ごめんなさい。昔のことを考えたら、お父様やキリフ殿下のことまで思い出してしまって」

「……そうか。クロエにとってはつらい過去だ。それなのに思い出させるようなことを言ってすまなかった」

　エーリヒが謝る必要なんてなかった。

　クロエはもう、父のこともキリフのことも恐ろしいとは思っていない。

彼らの考えが偏った歪《いびつ》なものだと理解しているし、逃げる力だってある。

だから自分にとって大切な思い出が、相手にとってはつらい過去の話だと気が付いて、寂しさを隠して謝罪する必要なんてまったくないのに。

「それで、これからどうする？」

さりげなくクロエから離れて、エーリヒは今までの話などなかったように、明るく言う。

「これからって？」

「クロエは魔石が作れるから、それだけでギルドでの評価は上がっていく。納品は俺がするから、無理にギルドに行く必要もない」

怖がっていると思って気遣ってくれる言葉を、否定することもできなくて、頷くしかなかった。

「うん。当分はそうするわ。お願いしてもいい？」

以前のクロエなら、きっとそうする。

そう思って、エーリヒに任せることにした。

「もちろんだ。そのためにクロエの魔力をギルドで登録をしたんだから」

「ありがとう。エーリヒはどうするの？」

「俺は依頼を受けて果たさないとランクを上げることはできないから、それなりに頑張るよ」

王都は城壁に守られていて、規模はかなり大きい。

王都から出なくても果たせる依頼は多いようだ。

地下道には魔物も出るという。

王都の出入りが厳しく制限されているのは、もともとこの国にも奴隷がいたことが理由だった。奴隷の王都からの脱走を防ぐために、故意に魔物を放ったらしい。

（奴隷……）

クロエの記憶を辿ってみると、この世界で奴隷制度というものが禁止されたのが、今から百年程前。

周辺国で最後まで奴隷の制度が残っていたのが、この国である。

地下道にいる魔物が駆逐されることなく、そのまま放置されているのは、犯罪者などの逃亡を防ぐためらしい。その数が増えて危険な状態になると、ギルドに討伐を依頼するようだ。

エーリヒは、そういう依頼も受けていくと言う。

「私にもできるようなものはあった？」

そう尋ねると彼は少し考えたあと、薬草採取なら、と答える。

「薬草って、王都内でも採取できるの？」

「東側に広い公園がある。そこに生えているらしいよ」

探す範囲が広いわりに報酬があまり良くないので、引き受ける者は少ないようだ。でも天気の良い日にお弁当を持って行けば、それなりに楽しそうである。そう伝えると、エーリヒも同意するように頷いた。

「そうだな。今度ふたりで受けてみようか」

夕食の後片付けをしたあとは、それぞれ思い思いに過ごす。

用があるから先に寝ているように言われて、クロエはおとなしく寝室に向かった。

彼が来るまで待つつもりで魔法の本を広げていたはずが、いつのまにか眠ってしまったようだ。

ふと寒さを感じて目を覚ますと、もう深夜のようだ。

「エーリヒ？」

隣に眠っているはずの彼の姿がない。

（もしかして……）

ショールを巻き付けて応接間に向かうと、予想した通り、エーリヒはソファで寝ていた。クロエが怖がる素振りを見せたので、気遣ってくれたのだろう。

「……ごめんなさい」

眠っているエーリヒに、小さく呟く。

あのときは罪悪感から振り払ってしまっただけで、彼のことを怖いと思ったことは一度もない。

それは以前のクロエも同じである。

それなのに少し拒絶してしまっただけで、こんなにも気遣ってくれている。

（あのベッド、気に入っているって言っていたのに）

クロエは寝室に戻ると毛布だけを持ってきて、ソファの下に座った。

そのまま床に転がって目を閉じる。

自分だけベッドに眠るつもりはなかった。

目が覚めると、身体《からだ》が酷くだるかった。

「ん……」

頭が痛くて、ぞくぞくするような寒気がある。

何とか身体を起こそうとしたけれど、起き上がれそうになかった。

(私、どうしたんだっけ?)

いつのまにかベッドに戻っている。ぼんやりと天井を見上げていると、エーリヒの声がした。

「クロエ、目が覚めたか?」

ひやりと冷たい手が頬に触れる。

それが心地良くて、目を閉じて擦り寄った。

「どうしてあんなところで寝ていた? クロエはあまり身体が丈夫ではないんだから、無理をしては駄目だ」

そう言われて、寝室から毛布を持ってきて、エーリヒの傍で眠ったことを思い出す。あのまま寝てしまったので風邪を引いたらしい。

(ああ、そうだった。クロエは深窓の令嬢だった……)

今までほとんど屋敷から出たこともなく、おとなしく静かに暮らしていたのだ。前世を思い出して気持ちはすっかり一般市民だったが、身体はか弱い令嬢のままだったらしい。

思い出してみれば、エーリヒと暮らすようになってから、いつも寒いと思う前に暖炉には火が点《とも》されていた。魔法書や魔石作りに熱中していると、これ以上は駄目だと寝室に連行されたことが何度もある。

大切に守られていたのだと、今さら気が付いた。

そっとエーリヒを見上げると、彼はよほど心配したのか、厳しい顔でクロエを見下ろしている。

「だってエーリヒがいなかったから」

掠《かす》れた声でそう言うと、頬に触れていた彼の手がぴくりと動いた。

目が覚めたときにひとりで、寂しかった。

抱きしめてくれた温《ぬく》もりが恋しくなった。

いつもは少し強引に抱きしめるくせに、どうして一度拒絶したくらいで、距離を置こうとするのか。

自分が原因だとわかっているのに、そんなことを思ってしまう。

「傍にいてくれなかったから、寒くて目が覚めたの」

身体が弱っているからか、深く考えることなく本音をそのまま口にしていた。

（ああ、これはクロエの気持ちだわ）

愛情に飢えていた寂しがりの令嬢が、抱きしめてくれる腕を、温もりを求めている。

深く考えずとも、自分の中にちゃんとクロエはいたのだ。

「いつもエーリヒが傍にいてくれたから、温かくてよく眠れたのに」

離れようとしたエーリヒの手を両手で握りしめて懇願する。

「お願い。ひとりにしないで」

昨日は拒絶したくせにこんなことを言うなんて、我ながら面倒だと思う。

けれどクロエの中には、今までのクロエと橘美沙が混同している。心の揺れを、自分ではどうすることもできずにいた。

「クロエが望むなら、俺はずっと傍にいるよ」

エーリヒは表情を和らげると、クロエの髪を優しく撫でてくれた。

優しい言葉に、眼差《まなざ》しに安心して目を閉じる。

目が覚めてもきっと、エーリヒは傍にいてくれるだろう。


そのまま眠り続け、再び目を覚ましたときには、すっかり頭痛が消えていた。

窓の外から見る空は暁色で、夕方近くまで眠ってしまったことを知る。

ゆっくりと身体を起こそうとして、背後からエーリヒに抱きしめられていたことに気が付いた。

（温かいと思ったら……）

クロエの身体は毛布に包まれていて、さらにこうして包み込むように抱きしめられていたのだから、寒さなど感じる暇はなかったようだ。

約束を、きちんと守ってくれた。

思わず笑みを浮かべながら、まだ眠っているエーリヒの腕からそっと抜け出す。毛布に包《くる》まっていたので、結構汗をかいてしまったようだ。

（お風呂に行こうかな？）

この国では、浴室があるのは貴族の邸宅くらいだ。

町には共同浴場があって、多くの人たちはそこに行くようだ。この辺りにも、少し離れた場所に共同浴場がある。

けれど元日本人としては、毎日のお風呂は必須で、できるならひとりでゆっくり入りたい。

だから物置だった部屋を、クロエの魔法で浴室にしてある。

（我ながらチートよね）

部屋の壁と床を防水加工して大きな浴槽を設置し、排水溝まで作ったのだ。そのときは魔力を使いすぎて倒れそうになって、エーリヒにはそこまでするのか、と少し呆れられたものだ。

着替えを用意してから浴槽に水を溜《た》め、魔法で適温にした。

「うん、気持ちいい……」

髪と身体を洗ってからゆっくりと浴槽に浸《つ》かる。

すっかり体調も良くなったようだ。

髪を魔法で乾かしてから部屋に戻ると、スープの良い匂いがした。

そういえば昨日の夜から何も食べていない。

お腹《なか》がすいていることを思い出して、ふらりとキッチンに向かう。

するとクロエがお風呂に入っている間に起きて、買い物に行ってきたらしいエーリヒの姿があった。

机の上にはサンドイッチと、野菜スープが置いてある。

声を掛けようとしたクロエは、彼の衣服の右袖が鋭利な刃物で切られたように裂かれていること
に気が付き、慌てて駆け寄った。

「エーリヒ、それ、どうしたの？」

急いで確認するが、衣服が破れただけで肌には傷ひとつない。

ほっとして胸を撫で下ろしていると、エーリヒは困惑したようにクロエを見る。

そして、こうなった状況を説明してくれた。

「町で、剣を振り回して暴れている男がいた」

どうやら虐げられていた移民が我慢の限界を越え、大通りで無差別に剣を振り回していたらしい。居合わせたエーリヒは小さな子どもを庇って、咄嗟《とっさ》に手を出してしまったと言う。

剣をまともに受けてしまったが、切れたのは服だけだった。

「よかった……。でも、どうして？」

本当なら、大怪我をしていたところだ。

ほっと胸を撫で下ろすが、どうやって剣を防いだのだろう。

「考えられる理由はひとつ。この腕はクロエに魔法をかけてもらった」

「あっ……」

その言葉で、魔法ギルドに行ったときのことを思い出す。

エーリヒは、ギルド職員に、魔法で攻撃をされた。

そのとき治癒魔法をかけながら、たしかにクロエは強く願った。

治りますように。

そして、もうエーリヒが傷付きませんように、と。

「まさか、そのせいで？」

「……それしか考えられない」

エーリヒはキッチンからナイフを取り出すと、無造作に腕に突き刺そうとした。

「ま、待って！」

いくら何でも無謀すぎる。

慌てて止めようとしたが、ナイフはエーリヒの肌を傷付けることはできずに弾《はじ》かれてしまった。

「……」

「………」

ふたりは顔を見合わせて黙り込む。

まさかクロエも、自分の力がこれほど強力だとは思わなかった。

「右腕、だけ？」

「あのとき魔法で治してもらったのは右腕だけだから、おそらくは」

「……試さないでね」

ナイフを持ち直そうとしたエーリヒを止めて、とりあえず落ち着こうとふたりで椅子に座った。

「まだスープが温かいうちに食べた方がいい」

エーリヒにそう言われて、まずは買ってきてもらったサンドイッチと野菜スープを食べることにした。

サンドイッチは、クロエの一番好きなハムとチーズのもの。

スープは香辛料が入っていて、風邪を引いていた身体を温めてくれる。

「うん、おいしい」

温かい食事で少し気分が落ち着いてきた。

ふとエーリヒを見ると、彼は自分の食事にはまったく手を付けずに、何か考え込んでいる様子だった。

「……ごめんなさい、エーリヒ」

謝罪すると、彼は首を傾げる。

「なぜ謝る？」

「だって、変な魔法をかけてしまって……」

「いや、むしろ助かる。何せ攻撃は通用しないようだから、多少無謀なことをしても大丈夫だ」

「だめよ、無理はしないで」

クロエは慌てたが、何をしても傷を負うことはないのに無理と言うのだろうか、と真顔で尋ねられて口を閉ざす。

そんなクロエに、エーリヒが自分のサンドイッチを分けてくれる。ずっと眠っていたので、お腹がすいていた。

二人分のサンドイッチを食べたあと、クロエはエーリヒの様子を窺う。

彼はずっと考え込んでいるようだ。

右腕にかけられた魔法のことではないのなら、何のことだろう。

「ねえ、エーリヒ」

「ん？　スープも飲むか？」

「違うわ。エーリヒもちゃんと食べないと駄目よ。そうではなくて、何か心配なことでもあるの？」

思い切ってそう尋ねると、エーリヒは顔を上げてクロエを見つめる。

「クロエは俺の恩人だったから、手助けができればと思って色々と提案してきた。だが……」

魔法がかけられた右腕に手を置いて、彼は言葉を続ける。

「これだけすごい力を持っているクロエなら、ひとりで逃げられたな」

「そんなことないよ！」

思わず立ち上がり、クロエは即座に否定した。

「私だけだったら、自分の力がどういうものかも知らなかった。女ひとりで旅をするのも不安だったし、相棒がいたらいいのに、と思っていたの。でもこの国に誠実な男性なんて、探してもなかなかいないもの。エーリヒが来てくれて、すごく助かったわ」

まず、宝石を換金するところで躓《つまず》いていた。

ドレスを着た訳あり令嬢なんて、騙されて自身が売り物にされてもおかしくはない。

魔法が使えることはわかったが、それが魔女の力だなんて知らなかった。

いたか。

クロエが魔女で、その力を自覚していないことを誰かに知られてしまったら、どんな目に遭って

前世の記憶があっても、この世界の常識は知らない。

こうして家を借りることも、ギルドに登録することもできなかったに違いない。

「少し甘えすぎているくらいよ。ありがとう」

それを伝えると、エーリヒの顔が少し和らぐ。

「役に立てていたのなら、よかった」

でも、とクロエは言葉を続ける。

「たしかにエーリヒの言う通り、今の私達だったら王都を抜け出せるかもしれない」

ギルドで実績を積んで国籍を取得しなくとも、クロエの魔法とエーリヒの剣技で強行突破することは、それほど難しいことではない。

でもそうなったら、確実に追われることになるだろう。

いくら力があっても、ずっと戦い続けられるほどクロエの心は強くない。

エーリヒの負担も大きくなってしまう。

「私は欲張りなの。冒険の旅にも憧れるけど、穏やかな日常も捨てられない。だから今は、きちんとした手続きを経て、この国を出ていきたいと思っている。ごめんね、面倒なことに巻き込んでしまって」

「面倒だなんて思っていない。俺達は自分の人生を取り戻すために、あの場所を出た。クロエのや

りたいことは、何でもやろう」

「……うん」

やっぱりあの場所でエーリヒと会えてよかった。

クロエはあらためてそう思う。

頑張って探せば、親切な人はいたかもしれない。

それでもここまでクロエの気持ちに寄り添ってくれるのは、エーリヒしかいないだろう。

「じゃあ明日、薬草採取に行こうよ。お弁当を作るから」

せっかくギルドに所属したのだから、依頼も受けてみたい。

そう訴えると、彼に頷いてくれた。

「そうだな。だが、クロエは体調を崩したばかりだ。もう少し身体を休ませた方がいい。明日ではなくて、二、三日後にでも……」

「もう大丈夫！　絶対に病気にはならないから！」

明日はとても天気が良いと聞いていたので、薬草を探しながらのんびりピクニックができたらと思っていた。

それに、体調はすっかり回復している。

エーリヒに大丈夫だと伝えたくて、少し力を込めて言い過ぎた。自分の言葉に魔力が宿ったことがはっきりとわかって、クロエは口を閉ざす。

「……」

「…………」

二度目の沈黙のあと、クロエは椅子に座る気力も沸かずに、床に座り込んだ。

「……怖い。この力、本当に何なの。制限とか、ないの？」

「制限はあるはずだ。でも、クロエの力は桁違いに強いのかもしれない」

手を差し伸べてくれたエーリヒに摑まりながら、何とか立ち上がる。

「ああ、そっか。制限がないのなら、自分で作ればいいのね」

「クロエ？」

この力を理解するまで、自分で制御できるようになるまで、封印してしまえばいいと思い立つ。

便利な力かもしれないが、今のままだと力に呑まれてしまいそうで怖かった。

「私とエーリヒが危険な状態になったときを除いて、魔女の力を封じるわ。しばらくは魔導師として、きちんと学んで力を使いたいから」

そう宣言すると、自分の中にある扉が閉まったようなイメージが浮かぶ。

鍵の掛かった扉だが、クロエ自身はその鍵を持っているので、いつでも開くことができる。

「うん、これでいい。今までの魔法は消えないから、私は怪我に、エーリヒは病気に気を付けていこうね」

クロエは病気になることはなく、エーリヒの右腕は無敵状態だ。

さらに力を封印したとはいえ、クロエの魔力は膨大だし、エーリヒの剣技は他の冒険者を圧倒していた。

（まぁ、チートであることには変わりはないかな？）

きっと何とかなるだろう。


クロエの希望通りに明日は薬草採取に行くことになった。

エーリヒは薬草採取の依頼を受けるために、クロエはお弁当の買い出しのために、一緒に出掛けることにした。

ふたり揃《そろ》って家を出ると、まず先に依頼を受けるために冒険者ギルドに向かった。

エーリヒと並んで入口から入ると、まっすぐに依頼書が貼られた場所に向かう。

「えーと、どれかな……」

周囲から視線を感じるが、誰も近寄ってこない。

ギルドに新規登録に来た日にエーリヒは冒険者を何人も叩きのめし、クロエは魔法ギルド職員を平手打ちしている。

ふたりには、関わり合いになりたくない人が多いだろう。

だが、当然のように昨日の騒ぎを知らない者もいるわけで。

「おう、お嬢ちゃん。俺らと……」

クロエに声を掛けようとした男の前にエーリヒが立ち塞がる。殺気立った視線に臆したのか、男はそそくさと逃げて行った。

ちゃんと実力差がわかる人でよかったと、クロエは胸を撫で下ろす。

（さすがにこれ以上、ギルド側の印象が悪くなるのは避けたいからね）

絡んでくる向こうが悪いのだが、実はエーリヒは、言葉より先に手が出るタイプだ。優美な外見に騙されて勝手に侮っているようだが、元は騎士団の精鋭である。

エーリヒが周囲に睨みを利かせている間に、クロエは引き続き依頼書を眺めていく。

（届け物とか買い物とか、戦う力がない人でもできるような依頼もあるのね）

薬草採取もきっと、そんな人がよく依頼を受けているのだろう。

「あ、あった」

薬草採取の依頼書を見つけて手に取ろうとしたとき、ギルドの奥から声がした。

「ああ、会えてよかった。たしかクロエさん、だったよね」

親しげに名前を呼んだのは、この間クロエが平手打ちをした相手。魔法ギルドのギルド員、サージェだった。

「……何か御用でしょうか」

不機嫌そうに固い声で返したクロエに、向こうは戸惑ったようだ。

勘違いだったとはいえ、善意で助けようとした相手に嫌われているとは思っていないようだ。

だがクロエにしてみれば、勝手に勘違いをした挙句にエーリヒを傷付けた相手の顔など、二度と見たくない。

エーリヒの腕にしがみつき、睨むように自分を見ているクロエに、サージェは戸惑いつつも用件を告げる。

「いや、先日は勘違いをしてしまって申し訳なかった。お詫《わ》びと言っては何だが、よかったら君に魔法を教えようかと思って。魔導師でも、あまりまだ魔法に慣れていないようだったから」

「……」

魔導師に魔法を習える機会などそう多くはないし、あったとしても魔法書よりも高額な授業料が必要となる。

それに魔力を持って生まれた魔導師は、自分の魔力を込めた魔石作りと魔法の指南で充分に暮らしていけるから、それほど魔法を教えたがらない。

しかも彼は魔法ギルドのギルド員になるほどの腕前だ。魔導師や魔術師なら、そんな機会を逃すはずがない。

そう思っているのだろう。

でもクロエにとっては、正直に言うと迷惑でしかない。

(前と同じ。こちらの都合など一切考えていない、善意の押し付けだわ)

周囲からは、魔法を報酬なしで教えてもらえるクロエを妬《ねた》むような視線を感じる。

しかも彼は不特定多数の人間の前でクロエに魔力があることを、魔導師であることを公言した。

魔力持ちはこの国では貴重な存在だが、女性で移民のクロエにとって、それは危険を伴う暴露だ。

(彼も移民だったというのに、そういうところを配慮してはくれないのね)

今はエーリヒが傍にいるから問題はないが、もしクロエが本当に移民で単独行動をしていたら、危険な目に遭ってしまってもおかしくはない。

「……必要ありません」

色々な感情を押し殺してそう答える。

「遠慮する必要はないよ。昨日のお詫びだから」

「もう私に関わらないでいただければ、それでいいです」

クロエの冷たい態度と言葉に、妬むような視線を向けていた人達さえ困惑している。

「本当に君達は恋人同士なのか？　信じがたいよ。彼がそう言わせているようにしか思えない」

断られたサージェは、まだエーリヒを疑っているようだ。

自分の申し出をクロエが断るはずがない。そんなことを言うのは、エーリヒにそう指示されているからだと思っている。

力を封印していてよかったと思う。

そうでなければ、彼の不幸を願っていたかもしれない。

「私はエーリヒに相応《ふさわ》しくない。そう言いたいのですか？」

なぜ先日会ったばかりの人に、そこまで言われなくてはならないのだろう。

クロエはむっとして、しがみついていたエーリヒの腕をますます強く抱きしめる。

もっと恋人らしくしないと駄目なのだろうか。

「そ、そういうわけでは……」

慌てるサージェの言葉を遮るように、エーリヒがクロエの肩に腕を回して抱き寄せる。

「そんなはずがない。むしろ俺が、クロエに相応しい男にならなくてはならないのに」

「エーリヒ？」

黒に変えた髪を優しく撫でられ、愛しそうな瞳で見つめられて、どきりとする。

「俺はクロエを守れるような男になりたくて、必死に強くなったのだから」

恋人のふりの延長だと思うには、あまりにも真剣な言葉だった。

（本当に、私のために？）

軽く受け止めてはいけない。

ちゃんと決意を伝えよう。

そう思ったクロエは、エーリヒを見上げて柔らかな笑みを浮かべる。

「嬉しい。私も、もっと頑張るわ。あなたの隣に立っても、誰からも文句を言われなくなるくらい」

「クロエ……」

優しく名前を呼ばれて腕の中に閉じ込められる。

抱き合うふたりを前に、周囲から冷たい視線がサージェに向けられた。

一部には、こんなにも想い合っているふたりを疑うような言葉を投げかけたせいで。

そしてギルドに居合わせた独身の男性からは、この場をギルドに相応しくない甘い雰囲気に変えてしまった原因として。

クロエはエーリヒの手を掴んだまま、立ちすくむ彼を無視して依頼書を手に取った。そのまま受付に持っていく。

「すみません、この依頼を受けたいんですが」

「……わかった。少し待ってくれ」

昨日と同じ男性に受付をしてもらい、注意事項を聞く。

薬草は見極めが難しいらしく、違うものを持ってきてしまうと依頼達成にならないから気を付けて欲しいとのことだった。

「君なら、そんな依頼を受けなくても……」

サージェがまだ何か言っていたが、完全に無視をする。

(そもそもギルド員なのに、依頼を差別するなんて)

もう二度と関わり合いたくないと思いながら、そのままエーリヒと一緒にギルドを出た。


「本当に嫌な人ね。もう会いたくないわ」

怒りのままに早足で歩くが、エーリヒは余裕さえ感じる足取りでついてきている。もともと身長差があるのだから仕方がないが、何だか意地になってしまって、必死に歩いていた。

「クロエ、あまり急ぐと危ない」

ぐいっと腰を引き寄せられ、仕方なく足を止める。

「攻撃されたのも疑われたのもエーリヒなのに、どうしてそんなに冷静なの?」

「俺はクロエ以外の人間に興味がないから。他からどう勘違いされようが、どうでもいい」

宥めるように髪を撫でられて、思わず頬が染まる。

「あの、さっきのは、本当なの？」

「さっき？」

「うん。その、私のために強くなったって」

「……もちろんだ」

エーリヒは、迷うことなく頷いた。

「俺を助けてくれたクロエも、幸せに暮らしているわけではないとわかっていた。だから強くなって助け出そうと思っていた。王女にさえ目を付けられなかったら、もっと早くクロエを連れて逃げられたのに」

父よりも婚約者よりも、王女の方がずっと危険だった。

絶対にクロエに近付けるわけにはいかないと、エーリヒは王女の横暴に耐えながら、長い間機会を窺っていた。

「だが魔女の力は強すぎて、どうしても逃げ出すことができなかった。結局また、クロエに助けられている」

強く握りしめられたエーリヒの手に、クロエはそっと触れた。

たしかに彼の言うように、もしエーリヒが王女に執着されていなかったら、もっと早くふたりで逃げ出せたかもしれない。

でもクロエは、魔女の力に目覚めていなかっただろう。

キリフとも婚約したままで、王族の婚約者を連れ去ったエーリヒは、おそらく誘拐犯として追われることになっていた。

ふたりで力を尽くせば逃げられたかもしれないが、過酷な旅になるのは間違いない。だから。

「私は今でよかったと思う。だって以前の私なら、もしエーリヒが傷付いても何もできなかったわ。そんなのは嫌よ」

どんなに傷付いても、エーリヒはクロエのために戦うだろう。

それを黙って見ているだけなんて、耐えられない。彼を助けようとして、自分から父の元に戻っていたかもしれない。

「だから、これからもずっとふたりで幸せに生きるためには、今が一番良かったのよ」

そう告げると、エーリヒは感極まったようにクロエを抱きしめた。

「ああ、もちろんだ。ふたりで幸せになろう」

「……ま、待って。ここ、町の中……」

エーリヒの銀髪も、見惚れるほどの美貌も、ただでさえ町で目立ちすぎるのに、そんな彼に道の真ん中でしっかりと抱きしめられている。

周囲の視線が集まっているのを感じて、思わず頬が熱くなる。

きっと真っ赤になっているに違いない。

「ねえ、エーリヒ……」

何とか腕から逃れようとすると、逃がさないとでも言うように、ますます強く抱きしめられた。

力強い抱擁は、少し苦しいくらいだ。

「……エーリヒ？」

人前ではなるべくやめてほしい。

何せこちらは、シャイで内気な元日本人である。

そう言おうとしたクロエは、エーリヒが切なそうな、悲しみを押し殺しているかのような顔をしていることに気が付いて、言葉を失う。

「クロエ。愛している」

耳元でそう囁かれて、目を見開いた。

これも演技なのかと、聞くことができないほど真摯な声。

驚きのあまり声も出せずにいると、エーリヒはふと力を抜いて、クロエを手放した。

「……なんてね」

寂しげな笑顔を浮かべて離れようとする。

そんな彼を、今度はクロエから力一杯抱きしめた。

「クロエ？」

「私も、エーリヒのことが好き」

きちんと自分の気持ちを伝えないと、エーリヒはもう二度と愛を伝えてくれないだろう。

それがわかったから、クロエも素直にそう告げる。

ここで恥ずかしいなんて言っていられない。

たしかに『クロエ』としての記憶は薄れているが、まったく思い出せないわけではない。

まず『クロエ』が、騎士見習いだったエーリヒに恋をした。

たしかに一目見たら忘れられないほど綺麗な少年だったけれど、惹かれたのは外見ではない。

父にも兄にも逆らえずに気弱だったクロエは、訓練と称してどんなに殴られても、けっして折れない彼の強い心に惹かれたのだ。

そして『橘美沙』として、一緒に暮らすようになったエーリヒに恋をした。

彼は、クロエとして生きていたときに負った心の傷を、少しずつ癒《いや》してくれた。

自分に自信のなかったクロエを綺麗だと、あんな奴らには勿体《もったい》ないと言ってくれた。

やりたいことは何でもやろうと、今までの人生を取り戻す手伝いをしてくれた。

それに加えてあんなに大切に、かけがえのない宝物のように扱われてしまったら、恋をしないはずがない。

クロエには婚約者がいた。

そしてエーリヒは王女に囚《とら》われていた。

だから、互いにずっと伝えられなかった。

「好きだったのよ。もう、ずっと前から」

その言葉を聞いたエーリヒは息を呑み、それから彼の顔も見慣れてきたクロエでさえ見惚れるほど綺麗な顔で、嬉しそうに笑った。

それを見て、クロエの胸にも言いようのない幸福感が満ちる。

「クロエ、本当に？」

「ええ。演技だなんて言わないわ」

そう言うと、今までさんざん演技だ、そういう設定だと言ってきたことを思い出したのか、少し気まずそうに視線を逸らす。

言葉にして伝えたら気持ちがさらに大きくなったようで、そんな姿すら愛おしく思える。

「私の愛はふたり分だから」

「ふたり？」

不思議そうなエーリヒに、こくり頷く。

「ええ。いつか話すわ」

今のクロエはエーリヒが愛した存在とは少し違ってしまったけれど、それでも彼には自分のすべてを知ってほしい。

ふと、揶揄《やゆ》するような声が聞こえてきて我に返った。

人通りの多い道の真ん中で抱き合っていたことを思い出して、慌ててエーリヒから離れる。

代わりに手を差し伸べられて、迷うことなく握りしめる。

「ねえ、エーリヒ。私達ってこれからどうするの？」

「これから？」

「うん。設定として恋人同士だったけど、これからはどうしたらいいのかなって」

一応、互いに想いを告げたのだから、設定ではなく本物の恋人同士になれるのではないか。

そんな期待を込めた言葉だった。

「それはもちろん、夫婦で」

「はっ？」

けれどエーリヒの答えは、クロエの想像よりもさらに上だった。

「夫婦？　結婚していないよ？」

「ああ、そうか。まだできないのか。じゃあ、ギルドで出世して国籍を得たら、すぐに結婚する予定の婚約者かな」

そう言って、嬉しそうに笑う。

「婚約者」

その言葉で、ふと元婚約者の顔が浮かんでしまった。

クロエの人格などまったく認めてくれない、高圧的な言葉と視線。

ただ怯《おび》えて従っていただけの日々を思い出してしまう。

「クロエ」

ふと優しく名前を呼ばれて、我に返る。

「クロエの婚約者は、もう俺だから」

絶対に守るという強い意志と、過去を気遣う優しい色をその瞳に宿して、エーリヒがきっぱりと宣言する。

「……うん」

繋いだ手に力を込めて、クロエも心の中で誓う。

（あの王女には、絶対に渡さないわ）

きっとこのままでは終わらない。

王女はまだ、エーリヒに執着している。

いつか彼女と対決する日が来るかもしれない。

クロエは自らの中に封じた力を確認するように、目を閉じた。

それからふたりで手を繋《つな》いだまま、明日のためにお弁当の買い出しに行くことにした。

いつもは別々に買い物をしているので、こうしてふたりで行くのはひさしぶりだ。

「すごい人ね」

町中には人が溢《あふ》れていて、クロエは思わずエーリヒの腕に摑《つか》まる。はぐれたら迷子になってしまいそうだ。

咄嗟《とっさ》の行動だったのに、腕を組まれたエーリヒは嬉《うれ》しそうに笑顔を見せる。

それを見て、何だか恥ずかしくなってしまう。

「……はぐれてしまいそうだから」

思わず言い訳を口にすると、エーリヒも頷《うなず》く。

「そうだな。クロエが迷子になるといけないから」

顔を見合わせると、つい笑顔になった。

そして腕を組んだまま、市場を歩いた。

「行きたいところはあるか？」

そう聞かれて、少し考える。

「そうね。いつもエーリヒが買ってくれるサンドイッチのお店に行ってみたいわ」

「わかった。じゃあ行こうか」

いつも包み紙が同じなので、エーリヒが食事を買う店は決まっていると気が付いていた。どんな店なのか、ずっと気になっていたのだ。

エーリヒが連れて行ってくれたのは、老夫婦が経営している町食堂だった。きっとこの食堂なら、他の女性にしつこく声をかけられることもないのだろう。

ふたりは移民の姿をしているクロエにも、普通に接してくれる。

いつもは持ち帰りで買ってきてくれるが、せっかくなのでここで食事をしていくことにした。

クロエはチキンと野菜のサンドイッチにスープ、フルーツタルトを注文する。どれもおいしくて、つい食べ過ぎてしまった。

「また来てね」

そう言ってほほ笑む老婦人に必ず来ると約束し、町にお弁当の材料を買いに行く。

おいしいものを食べた直後だったので、いつもより張り切って、たくさん材料を買ってしまった。それなのにエーリヒは、その荷物をすべて持ってくれた。

「ごめんなさい。重いでしょう？」

片腕で持つには思いだろうと、クロエは繋いでいた手を放そうとした。

「いや、これくらい何でもない」

でもエーリヒは手を放してくれなくて、むしろもっと強く握られた。

人前で手を繋いだりするのは、やっぱり少し恥ずかしい。

「クロエとこんなふうに町を歩けるなんて、まだ夢のようだ」

でも幸せそうにそんなことを言われてしまえば、もう何も言えなくなってしまう。

クロエだって、エーリヒに寄り添って歩くのは、とても嬉しい。

買い物を済ませて家に戻る。

明日は朝からお弁当を持って、東にある大きな公園で薬草採取だ。


翌朝。

クロエはエーリヒが起きる前に手早くお弁当を作り、軽い朝食を作ってからエーリヒを起こした。

「おはよう、エーリヒ。良い天気よ」

「……うん」

まだ少し寝惚《ねぼ》けているのか、いつもよりもゆっくりとした動作で起き上がる姿が愛《いと》しい。

心が通じ合うと、ごく当たり前の日常だったことも、こんなにも愛おしく感じるのかと驚いた。

ふたりで朝食をとり、身支度を整えてから、お弁当を持って家を出た。

いつも行く商店街ではなく、自然の多い東側に向かう。

この王都は、周囲を頑丈な壁で囲われている城塞都市だ。

大きな城門は騎士団によって厳重に守られていて、簡単に出入りすることはできない。けれど都の規模はかなり大きい。

広い王都の中央を南北に走る大きな街道があり、それは北にある王城まで続いている。

街道の両側には商店が立ち並び、市場や王都の外から来た商人の屋台もある。

そして王城の周辺には貴族の邸宅があり、クロエの生まれ育った屋敷《やしき》もそこにあった。

街道の西側は住宅街で、今はそこにエーリヒと住んでいる。クロエは行ったことがなかったが、西南の方向にはスラムもあるようだ。

今回向かうのは、王都の東側だ。

畑や大きな公園などがあり、そこで薬草が採取できるらしい。

「こっち側に来るのは初めてね」

エーリヒの腕に摑まりながら、クロエは周囲を見渡す。

畑にはいろいろな野菜が植えられ、自然も豊かで、ここが王都の中とは思えないくらいだ。

（いいなぁ。前世の田舎の実家を思い出すかも）

人の多い住宅街や商店街とはまったく違い、豊かな自然とのんびりとした雰囲気で、クロエはすっかり気に入ってしまった。

畑の合間にある舗装されていない道を通り、公園に向かう。

公園といっても整備されたものではなく、森とそう変わらない。

（自然公園って感じね）

広い場所だが、クロエ達《たち》と同じように薬草を探している者の姿も見受けられる。

事前に薬草の形と採取する上での注意事項は勉強してきたので、さっそくふたりで公園内を探し回ることにした。

「なかなか見つからないね」

けれど、一時間ほど探し回っても、納品できる状態のものは少なかった。

少し枯れていたり、大きさが充分ではなかったりする。

「この辺はあらかた採取されてしまったようだな。もう少し奥に行ってみよう」

「うん」

奥に行くほど自然がそのまま残っていて、木々が生い茂り、鬱蒼《うっそう》としている。

日中なのに薄暗いほどだ。

周辺を見回しながら歩いていたクロエは、何かに足を取られて、危うく転びそうになる。

「きゃっ」

「クロエ、危ない」

後ろを歩いていたエーリヒが、すぐに支えてくれた。

「ごめんね、ありがとう」

「歩きにくい道だから、気を付けて」

優しい笑顔でそう言われて、胸がどきりとする。

そういう設定だからという言い訳をやめたエーリヒは、クロエに対する好意を隠さなくなった。

これほど愛されて、幸せを感じないはずがない。

ふたりでくまなく公園を回り、昼近くには規定の数の薬草採取を終えることができた。

運よく群生している場所を見つけたので、まだ薬草はたくさんあった。

でも引き受けた以上の数を採っても、買取の金額はさほど変わらないらしい。薬草採取の仕事を引き受けた他の人達の仕事を妨害することにもなってしまうので、採取はここまでにして、公園でお弁当を食べたら戻ることにした。

「今日はおにぎりと、唐揚げ。それに厚焼きたまごだよ」

草むらに防水シートを敷き、そこに座って日本風のお弁当を広げる。

「おいしそうだな」

普段は食の細いエーリヒが、クロエの手作りだと喜んで食べてくれるのも嬉しい。

ゆっくりと食事を楽しんだあと、薬草を持ってギルドに納品に向かう。

薬草は、思っていたよりも高値で買い取ってもらえた。

「品質も良《い》いし、採取方法も丁寧だ。良かったらまた頼むよ」

ギルドの受付の男性にそう言われて、笑顔で頷く。

こうして、クロエの初仕事は無事に成功した。

ふと視線を感じて受付の奥を見ると、あの魔導師のサージェがこちらをちらちらと見ている。話しかけたそうな雰囲気を感じたので、エーリヒの手を引いてさっさとギルドから出た。

「もう、どうしてあんなに私に関わろうとするのかしら。放っておいてほしいのに」

思わずそう呟《つぶや》くと、エーリヒは複雑そうな顔をしてクロエの手を引いた。

「エーリヒ？」

そのまま腕の中に閉じ込められる。

町の真ん中で、たくさんの人達がこちらを見ている。恥ずかしくなってその腕から逃げ出そうとしたけれど、エーリヒはますます強くクロエを抱きしめた。

「……どうしたの？」

何だか様子が違うことに気が付いて、その顔を覗《のぞ》き込《こ》む。

「薬草を納品していたとき、また冒険者に声を掛けられていただろう？」

そう言われて、ひとりで待っている間に数人のパーティーに声を掛けられたことを思い出す。

パーティーの誘いというよりは軽いナンパのようなものだった。聞き流していたところで、戻ってきたエーリヒに睨《にら》まれて逃げて行った男達だ。

「あの魔導師もクロエに執着している。どうやったら声を掛けても無駄だと思うくらい、クロエが俺のものだと知らしめることができるのだろう」

「……エーリヒ」

切なさを感じるような声でそんなことを言われてしまえば、もう人前だから恥ずかしいなどと言ってはいられない。

彼の背中に手を回して、クロエは告げる。

「私はエーリヒのものだよ。だから、国籍を得られるように頑張って、早く結婚しよう？」

「ああ、そうだな」

それを聞いたエーリヒが、見慣れてきたクロエさえも赤面するような、蕩《とろ》けるような笑顔で頷い

た。

周囲の女性達から悲鳴のような声が上がったのを聞いて、言わなければよかったと後悔する。エーリヒが笑顔を向けるのはクロエにだけ。

だからクロエだけの笑顔だ。

誰にも見せるものかと、隠すようにして抱きついた。


「エーリヒに、話さなくてはいけないことがあるの」

ふたりの家に戻ったあと、クロエはそう切り出した。

勢いとはいえ、結婚の話まで出したのだから、さすがに話さないわけにはいかないだろう。

結婚の話をしてからずっと上機嫌なエーリヒは、クロエの改まった声に不思議そうに首を傾《かし》げる。

「俺に?」

「うん。私の愛はふたり分だって言ったでしょう?」

不安を押し隠し、わざと明るくそう言うと、エーリヒは頷いた。

「それだけ愛してくれているのかなと思っていたけど、違う意味があった?」

「ええと……」

いざ話すとなると緊張する。

拒絶されたらと思うと、少し怖かった。

そんなクロエの手を、エーリヒは優しく握りしめる。

「なんでも聞くよ。クロエのことなら、どんなことでも知りたい」

「……すごく、変な話で。信じられないかもしれない」

「クロエの言葉なら信じるよ」

そんな優しい言葉にも、まだ決心がつかなかった。

エーリヒに嫌われてしまうかもしれない。

それがこんなにも怖い。

「もしかしたら、私のことが嫌いになってしまうかもしれないわ」

「それだけはない」

「私が、クロエじゃなくても？」

思い切ってそう言うと、エーリヒは少し驚いた様子を見せたものの、クロエを気遣うように優しく言った。

「もしかして、クロエに昔の記憶がないことか？」

「え……」

「俺はずっと前からクロエを見ていたんだ。昔と少し違うと、わかっていた」

まさかエーリヒが、そのことに気が付いていたなんて思わなかった。

クロエは動揺して、視線を彷徨《さまよ》わせる。

「座って話そうか」

エーリヒはそんなクロエの手を引いて応接間まで行くと、ソファに座らせて自分も隣に座った。

「クロエが記憶をなくしたのは、キリフに婚約破棄をされたときで間違いない？」

「……うん。そうね」

たしかに彼の言うように、前世の記憶が蘇《よみがえ》ったのはあの瞬間だ。

こくりと頷くと、それを見たエーリヒの瞳に、昏《くら》い色が宿る。

「クロエが絶望した顔で座り込んでいるところを見たとき、あの男を殺そうと思った。そうすればクロエは、あの男から解放される。王女に囚《とら》われていた俺がクロエのためにできるのは、もうそれしかないと思っていた」

そのときの怒りを思い出したのか、エーリヒの顔が険しくなる。

「そんな……」

エーリヒは、クロエが婚約破棄された場面を見ていた。

その話は再会したときに彼から聞いていたが、まさかクロエのためにキリフを殺そうと決意していたなんて思わなかった。

「でもクロエは自分で逃げ出した。だからあの男を殺すよりも、追いかけてクロエを守ることを選んだ」

それを聞いて、あのとき逃げ出すことを選んでよかったと、心からそう思う。

もしクロエが動けずにそのまま晒《さら》し者《もの》になっていたら、エーリヒは迷わずキリフを手にかけていたに違いない。

あれでも第二王子だ。

しかもエーリヒは王女が嫁ぐための障害になると思われていたようだから、下手したらその場で斬り捨てられていた。

そして以前のクロエなら、きっとそんな状況に耐えられずに、間違いなくエーリヒの後を追っていた。

もしかしたらそれは、クロエが前世を思い出さなかったら、訪れていた未来だったかもしれない。

「……本当に、逃げてよかった」

「そうだね。まさかふたりで、こんなふうに一緒に暮らせるなんて、思ってもみなかった」

幸せそうに、エーリヒは笑う。

今まで自由などなかった彼が、こうしてクロエの隣で笑ってくれることが嬉しかった。

「一緒に暮らすようになって、クロエは昔と少し違っているように見えた。だから婚約破棄のショックで記憶を失い、代わりに魔力に目覚めたのではないかと思っていた。クロエの話したいことは、これだった?」

そう尋ねられ、覚悟を決めて頷く。

「うん。大体はそう。ただ、もう少し話したいことがあって」

クロエのために命まで懸けようとしてくれた彼に、これ以上黙っていることはできない。

「実はあのとき、私は前世の記憶を思い出したの」

「前世？」

その答えは想像もしていなかったようで、エーリヒは驚いたように聞き返してきた。

「そう。私の前世は、ここととは違う世界で生きていた人間だったの。その世界では女性も自立してひとりで働いているし、結婚しない人も普通にいたわ。そのときの価値観が混じってしまって、以前のクロエとは違う人格になってしまったのかもしれない」

「違う世界……。もしかしてクロエが作ってくれた料理って、その世界のものだったりする？」

「そう。私の故郷の味だったの。思い出したら懐かしくなって……。だから今の私は、エーリヒが愛してくれたクロエとは、少し違うかもしれない」

拒絶されるかもしれない恐怖を乗り越えて、ようやく打ち明ける。

「こんな話、信じてくれる？」

「クロエ」

エーリヒは、そんなクロエの名を優しく呼んだ。

「もちろん信じるよ。それに、心配しなくてもどちらもクロエだ。その本質は変わらない」

「……本当に？」

「ああ。ずっとクロエを見てきたと言っただろう？　もし本当に別人になってしまったら、俺にはわかる」

ずっと不安だった。

本当の自分はどちらなのか。

ただ「橘美沙」がクロエに憑依《ひょうい》しているだけなのか。

いつかクロエが目覚めたら、自分は消えてしまうのではないかとまで、考えた。

でもエーリヒがそう言ってくれるなら、それは真実だと信じられる。

今の自分はクロエだと、胸を張って言うことができた。

「うん」

涙を浮かべて頷いたクロエを、エーリヒは腕の中に抱き寄せた。

「ふたり分ってことは、今のクロエも俺を愛してくれていると思ってもいい？」

真剣な顔でそう尋ねられて、頷いた。

「もちろんよ。むしろ昔のクロエは憧れの気持ちの方が強かったから、私の方があなたを愛しているわ」

昔の自分に負けるわけにはいかないと、きっぱりとそう告げる。

「俺も、昔は恩人のお嬢様って思いが強かったが、今は俺のクロエだと思っているよ」

エーリヒもそう言ってくれた。

すべてを打ち明けて、もう隠し事は何もない。

まだ昔の自分の記憶は鮮やかに残っているけれど、この世界でクロエとして、エーリヒと生きていく。

そう決意した日だった。

それからは積極的にギルドで依頼を受けて、それを堅実に果たす日々を過ごしていた。

魔石も何度か納品したが、予想以上の高値で買い取ってくれた。

ギルド員が言うには、魔石に込められた魔力は低いけれど質が良く、これでもっと魔力が高かったら、貴族からまとまった注文が入ったかもしれないそうだ。

でもクロエにしてみれば、狙い通りである。

（あまり強い魔石を作ると、貴族に目を付けられるからね。これでいいわ）

残念そうなギルド員に、あいまいに笑って納品する。

クロエも、あのサージェ以外のギルド員とは、それなりに上手《うま》くやっていた。

エーリヒもその剣の腕を生かして、地下道の魔物退治や護衛の仕事などで、着実に評価を上げているようだ。

ただ女性からの護衛の仕事は、どんなに条件が良くても絶対に引き受けない。

極度の女性嫌いであり、クロエ以外はまったく目もくれず、どれほど美しい女性に言い寄られても、本気で迷惑そうな顔しかしない。

「クロエ以外の女はいらない。俺には、クロエがいてくれたらそれでいい」

そんなことを平然と口にするエーリヒは、見た目によらず堅実な男だと、他の男達からの評価が上がったようだ。

ギルド員も、今では女性からの指名依頼はあらかじめ断ってくれるほどだ。

名前が知られるようになってくると、心配なのは追手がふたりに気付くかどうかだが、今のところ問題はないようだ。

移民として登録しているクロエはもちろん、銀髪の元騎士なんていう目立つ存在であるエーリヒも、普通に過ごせている。

これなら大丈夫かもしれない。

そんなことを話していた頃、ギルドにある緊急依頼が貼り出された。

緊急依頼は、ギルドでもその働きが評価されている者しか、引き受けることができない特殊なものだ。

難易度は高いが、成功させると報酬も格別で、何よりもギルド内の評価がかなり上がり、移民ならば国籍の獲得に近付くと言われている。

クロエとエーリヒは、緊急依頼が貼り出されたという噂《うわさ》を聞いて、さっそくギルドに赴き、その依頼内容を確かめた。

「薬の配達……。配達先は、スラムにある教会ね」

それだけなら簡単な依頼に思えるが、王都のスラムはかなり治安が悪い。

しかも今、スラムでは厄介な疫病が流行していて、その治療薬を教会に届けてほしいという内容だった。

「治安が悪い上に、疫病の薬は王都全体に流行《はや》ることを恐れた富豪層に高値で売れるからね。略奪して売《う》り捌《さば》こうと、待ち構えている者もいる。スラムに入れば、当然疫病にかかってしまう可能性もある。だから、緊急依頼になったそうだ」

すっかり顔馴染《かおなじ》みになった中年のギルド員が、そう説明してくれた。

本来なら騎士団の領分だと思うが、この国の騎士団は貴族で構成されているので、スラムに立ち入るようなことはない。

そういった仕事は、すべて冒険者にやらせているらしい。

（これは、受けるべきでは？）

深刻そうなギルド員の顔を見ながら、クロエは考える。

何せクロエは自らの魔法によって、どんな病気にもかからない身なのだ。スラムで流行っている病気がどんなものであろうと、心配はいらないだろう。

緊急依頼を果たしたとなれば、評価も上がる。依頼はパーティーで受けて、クロエひとりで納品に向かえば問題はないだろう。

「ねえ、エーリヒ。これ受けてみようと思うんだけど」

そう相談してみると、彼は少し複雑そうな顔をする。

「スラムか。あまりクロエには近寄ってほしくないが」

「でも私は病気にならないから、最適だと思うの。成功させれば国籍の獲得にも近付くのよ」

「……そうだな。だが絶対に俺の傍《そば》を離れないように」

「え？　一緒に行くの？」

驚くクロエに、エーリヒは眉をひそめる。

「もしかして、ひとりで行くつもりだったのか？」

「うん。だって、エーリヒが病気になったら大変だもの」

だから病気耐性のあるクロエが、ひとりでスラムに行くつもりだった。そう告げると、エーリヒはとんでもないと反対した。

「スラムは、クロエがひとりで歩けるような場所じゃない。行くなら一緒じゃないと駄目だ」

そうきっぱりと言われてしまい、クロエは悩んでしまう。

緊急依頼は受けたいが、エーリヒを危険に晒したくはない。

それでも結局引き受けたのは、スラムでは毎日のように人が亡くなっていると聞いたからだ。

薬を無事に届けられたら、助かる人も増えるかもしれない。

緊急依頼を受けたいと申し出たところ、ギルド側では引き受けてくれる者がいなくて困っていたらしく、喜んでくれた。

もちろん今までの実績で、緊急依頼を受ける条件は満たしている。

スラムで人が倒れていても、近寄らないこと。

もし病気になったとしても、依頼を受けてくれた人の分の治療薬は確保してあること。

また、治療薬を奪われてしまった場合は弁償金を支払わなくてはならないことを説明してくれた。

「暗くなる前に向かった方が良いだろう。ただ、騎士団の助力は期待しない方がいい。彼らはスラムに立ち入らない」

「ええ、わかったわ」

やはり騎士団は役に立たない。

そう思ったが、エーリヒが元騎士であることを思い出して、それを口にすることはなかった。

（悪いのは騎士を使う立場の人間。つまり、クロエの父よね）

前世の記憶を思い出してから、自分の父だという感情はまったくない。

今のクロエにとって父は、自分を不当に虐げていた敵である。

（とにかく今は、治療薬をきちんと届けないと）

国籍取得も大事だが、依頼を果たすことによって救える命がある。

エーリヒのことが少し心配だが、深窓の令嬢だったクロエと違って、それなりに鍛えているようだ。治療薬も確保してあると聞いて、依頼を受けると決めた。

明るいうちに向かった方がいいと言うギルド員のアドバイスもあり、さっそく納品に向かうことにした。

エーリヒが治療薬を持ち、ローブのフードで顔を隠したクロエが、その後に続く。

スラムは西南の城門の近くにあるらしい。

フードで顔を隠しているのは、城門を守っている騎士達に見られないように、用心してのことだ。

今まで、なるべく父の配下である騎士団がいる場所には近寄らないようにしていた。だから、クロエが城門に近付いたのはこれが初めてである。

（ここが……）

王都を囲う城壁の高さは知っていたが、城門も大きかった。

人の出入りを厳しく制限しているのは、こんな遠くからでも見て取れる。威圧的に振舞う騎士の姿には、父を思い出して不快になった。

（それで、こっちがスラムね）

王都の真ん中を通る街道の西側にある住宅街と、城門近くにあるスラムの間には、大きな用水路がある。その上に掛けられていた橋を渡ると、城壁に沿ってスラムがあった。

もともとは移民用の住居だったらしいが、その中でも貧富の差が出てきて、成功した移民は住宅街に移り住んだ。逆に、もともとこの国の住民だったのに、身を持ち崩してスラムに逃げ込んだ者もいる。

そう聞いていたクロエだったが、いざ足を踏み入れてみると、思っていたよりも子どもが多いことに気が付いた。

ここで生まれ育った子どもなのか。それとも、親を亡くしてスラムで生きるしかなかったのか。

「ねえ、エーリヒ。薬の届け先の教会って、もしかして身寄りのない子どもがいたりする？」

小声でそう尋ねると、彼は頷いた。

「ああ。そんな子ども達を集めて、面倒を見ている人がいるらしい」

「そうなんだ……」

この国を出ることばかり考えていたクロエは、ふと考える。

あの父と元婚約者を始めとした横暴な貴族たちを、このままにしておいていいのか。

放置していたら、また新たな犠牲者が出るだけではないか。

ここに住んでいる子ども達のように、自力では抜け出すことのできない人達を放っておいて、本当にいいのだろうか。

日中なのに薄暗いのは、日当たりが悪いからだろう。

高い城壁は、平等に降り注ぐはずの太陽の光さえ遮っている。

湿った路地に、人が座り込んでいるのが見えた。暗い目をした彼らは、ほとんど移民のようだが、中にはこの国の者もいるようだ。

そんな中、エーリヒは目立つ容貌を隠そうともせず、堂々と歩いていた。

治療薬を奪って売り捌こうとしていた者達も、生きるために略奪行為をしている。敵《かな》わない相手には、最初から立ち向かおうとしないのだろう。

銀髪の元騎士は、優美な外見に似合わずなかなか腕が立つと、噂になっているようだ。

だから危険な目に遭うこともなく、無事に目的地に到着することができた。

（でも……）

スラムで生きる人達の姿は、クロエの心に暗い影を落とした。

エーリヒに守られて辿《たど》り着《つ》いた教会は、廃屋のような朽ちた建物だった。

けれど修繕の跡が至る所に見受けられ、洗濯物が干してあったりして、生活感がある。

治療薬を持って訪ねると、中から大柄の男が顔を出した。

「ああ、薬を届けてくれたのか。ありがたい」

男はそう言って、薬を受け取り、受領のサインをしてくれた。

これで依頼は完了である。

思っていたよりも簡単に依頼を果たすことができて、ほっとする。

この教会で子ども達の面倒を見ているという男は、黒髪に褐色の肌をしているので、移民なのだろう。

エーリヒが事前にある程度、依頼主について調べてくれていた。

それによると、彼は教会に住んでいるが神父ではなく、もともとは冒険者だったようだ。

移民だというだけで、同じ仕事をしてもまともな報酬が貰《もら》えず、そのせいで生活に困ってスラムに住むようになったらしい。

そこで劣悪な環境で暮らす子ども達のことが気になって、廃屋になっていた教会を修繕し、そこに子ども達を集めて面倒を見ていた。

もともと腕の立つ男だったので、子どもを狙った犯罪から守ることもできているようだ。

「俺がここを離れると、子ども達が危険なもんでね。だが、治療薬をわざわざスラムにまで届けに来てくれる奴《やつ》なんかいないと思っていた。報酬もほんの僅かだったのに悪かったな」

「緊急依頼だったから、報酬目当てではない。気にするな」

エーリヒの答えに、男は意外そうな顔をした。

「へえ、緊急依頼にしてもらえたのか。ギルドの人間は、スラムの人間なんていくら死んでも、まったく気にしないと思っていたよ」

そう言う男の顔には、嫌悪が滲《にじ》んでいる。スラムに流れ着いた経緯を考えると、それも無理はないのかもしれない。

クロエも初めて魔法ギルドに足を踏み入れたとき、蔑むような目で見られたことを思い出す。

「あのギルド員は移民だったから、その辺りは気にかけているのではないか？」

「いや、それはない」

即座にエーリヒの言葉を否定して、男は顔をしかめた。

「サージェのことだろう？　あいつは自分が苦しんでいたのに、立場が変わると平気で他を差別するような男だ」

「たしかに、そんな感じだわ」

クロエが同意して深く頷くと、エーリヒはふたりの答えに困ったように笑っていた。

トリッドと名乗ったその男は、クロエの姿を見て、自分と同じ移民だと親近感を抱いてくれたようだ。

「緊急依頼を受けるってことは、あんたらも訳ありなんだろう？　今回のことで借りができた。何か困ったことがあったら言ってくれ」

「ありがとう」

スラムに女性連れで長居するのは危険だからと言われて、ふたりは治療薬を渡したあと、すぐに教会を出ることにした。

「子どもがたくさんいたみたいね」

振り返り、そう呟いたクロエに、エーリヒも頷く。

姿は見ていないが、大勢の気配がこちらを窺っていたし、洗濯物も子どものものばかりだった。

「そうだな。彼に救われた子どもは多いだろう」

「……手伝いをした方がよかったのかしら」

思わず立ち止まってしまったのは、子ども達のために、もっと何かできたのではないかと思ったからだ。

クロエは病気にならない体質なのだから、病気になった子どもの世話も可能だった。

「いや、スラムの子ども達は外部の人間を信用しない。きっと警戒して、姿も見せてくれないだろう」

けれどエーリヒにそう言われてしまえば、諦めて帰るしかなかった。

それにクロエは平気でも、エーリヒが病気になってしまったら大変だ。

すぐにギルドに戻り、依頼の達成を報告することにした。

「よく無事に帰ってきたな。これで緊急依頼も達成したし、国籍獲得も間近だろう」

馴染みのギルド員はそう言ってくれた。

「でも、緊急依頼なのに、随分簡単に終わってしまったわ」

「簡単ではないよ。スラムに足を踏み入れて、無事に戻ってくれたんだから」

スラムは恐ろしい場所だと、ギルド員は繰り返し語る。

居合わせた冒険者も、スラムに行ってきたと知ると、驚いたような視線を向けてきた。

危険など何もなかった。

むしろ子どもと、その子ども達を守る男に会っただけだ。

運が良かったのかもしれない。

家に戻ったクロエは、気分を変えたくて、お気に入りの紅茶を淹《い》れる。

エーリヒにも差し出してから、ソファに座ってぽつりと呟く。

「何か、変な感じだわ」

そう呟くと、エーリヒも同意して頷いた。

「一度、依頼でスラムに行ったことがある。そのときは、もっと殺伐としていた」

考えられるとしたら、姿を隠さなかったことかもしれないと、エーリヒは語る。

「俺は見た目だけなら、貴族に見えるからね。この国には、貴族に逆らう者はいない」

スラム街に住み、他人を襲うことに慣れたような者でも、貴族には近寄らない。

報復が恐ろしいからだ。

貴族を怒らせたら、スラムなど簡単に焼き払われる。

「無関係な人達がどれほどたくさん住んでいようが、この国の人間ではない移民やスラムに住んでいるような者は、どう扱っても構わない。この国の貴族は皆、そう思っているだろう」

「そんな……」

父親に支配されていたとはいえ、クロエもまた、この国の貴族だったのだ。

（私も、そんなふうに思っていたのかな……）

前世の記憶が蘇る前のことを思い出そうとしてみても、記憶はひどく曖昧だった。

「クロエ、大丈夫か?」

ふと、頬に温かい手が触れた。

クロエが落ち込んだ様子を見せたからか、エーリヒは心配してくれたようだ。

「色々と教えてくれてありがとう。私は世間知らずで何も知らないから、とても助かっているわ。ただ……」

クロエは、エーリヒを見上げる。

「スラムに暮らしている人達を見てあらためて、この国はあまり良い国じゃないなぁと思っていたの」

「うん。そうだね」

エーリヒは静かに相槌《あいづち》を打ってくれる。

「たしかに、クロエの言う通りだ」

それに励まされて、クロエは言葉を続けた。

「だから、早くこの国を出て自由に暮らしたいって思っていた。でも、この国にはスラムの子ども達のように、逃げ出せない人もたくさんいる。私だけ自由に暮らすことに、何だか罪悪感を持ってしまって」

まして、クロエはあの子ども達を救うだけの力があるのだ。

魔女という力を隠していても、魔力を持つ魔導師として、弱い立場の人達を守るために戦うことはできる。

それなのに、救えるはずの人達を捨てて自分だけ幸福になってもいいのかと考えてしまうのだ。

それを訴えると、エーリヒはクロエの頬をそっと撫《な》でた。

「本当にクロエは優しいね。その優しさは素晴らしいものだと思うよ」

「すべての人達を救いたいなんて、傲慢な考えだってわかっているの。でも、どうしても考えてしまって」

「クロエにこの国を変えるだけの力があるのもたしかだ。でもあんな貴族達でも、傷付けたらクロエが苦しむのではないかと思うと心配だ」

この国を変えようとするとき、戦わなくてはならないのは、元婚約者や父。そして国王陛下を始めとした、国の重鎮達だ。

クロエが苦しむかもしれないから、心配だと言われてしまえば、まだそこまでの覚悟が決まっていないクロエは悩んでしまう。

それに彼らと戦うということは、エーリヒと王女が再び出会ってしまう確率も高くなるということだ。

「この国を出るまでには、もう少し時間が掛かる。一緒に、ゆっくりと考えていこう」

「……うん」

ただ反対するのではなく、一緒に考えていこうと言ってくれたエーリヒの言葉を重く捉えて、クロエは静かに頷いた。

これは、自分だけの問題ではない。

もしクロエがそうと決めたら、エーリヒは必ずクロエと一緒に戦ってくれる。でも、それは平穏な人生を諦めるということだ。

（もう私だけの問題、私だけの人生ではないわ。思いつきで行動せずに、しっかりと考えないと）

エーリヒの肩に寄りかかり、クロエはそう考えながらゆっくりと目を閉じた。

不安や戸惑いはあったが、それでも『緊急依頼』を果たしたことには変わりはない。

魔石作りで実績を積んでいたクロエは、いよいよ国籍獲得も間近になってきた。

このまま頑張れば、移民ではなく、この国の正式な移住者になれるだろう。

だから今日も、朝から魔石作りに熱中していた。

数をこなしてきたせいで、最近はちょうど良い感じで魔石が作れるようになっている。

魔力の質が良く、けれどそれほど強い魔力を込めていないクロエの魔石は、いつしか手頃な値段で高品質の魔石だと評判になっていた。

だから、上級冒険者や貴族の護衛などからの依頼がとても多い。

それでもあまり大量に魔石を流通させると、貴族達から目を付けられるかもしれない。

エーリヒとも相談して、まだそれほど多くの魔石は作れないということにして、来た依頼をすべて引き受けてはいない。

（それでも、結構忙しいのよね）

クロエの魔力にしてみたら微々たるものだが、それでも手間は掛かる。

朝から作り始めて、昼食のあともせっせと魔石を作っていると、身支度を整えたエーリヒがクロエの部屋を訪れた。

「出かけるの？」

「ああ。依頼を受けたから、出かけてくる」

「何の依頼？」

少し心配になって尋ねる。

最近エーリヒは、ひとりで依頼を受けて出かけることが多い。

「地下道に出た魔物退治だ。それほど強くないようだから、さっさと終わらせてくる。クロエは忙しいみたいだから、帰りに夕飯を買ってくるよ」

「うん、ありがとう。お願いね」

エーリヒはクロエの頬に軽くキスをして、出かけていく。

（……何だか、本当の夫婦みたい）

その姿を見送りながらそんなことを思ってしまい、恥ずかしくなって俯《うつむ》いた。

でも、それが現実になる日も近付いている。

魔石作りで実績を上げているクロエはもちろん、エーリヒもその剣の腕を買われて、指名依頼が多くなってきた。

近いうちに、ふたりともこのアダナーニ王国の国籍を獲得できるだろう。

なかなか早い出世だが、エーリヒが元騎士であることを考えれば、それだけの実力があるのも当然だ。

国籍さえ得ることができれば、婚姻が可能となる。

エーリヒは、そうなったらすぐにでも結婚しようと言ってくれている。

もちろん、クロエもそのつもりだ。

最初は戸惑いもあったが、今ではその日を心待ちにしている。

けれど幸せな未来を思い描く度に、あの朽ちた教会を思い出してしまい、自分だけ幸せになっていいのかと考えてしまうのだ。

（前世ではこんなに思い悩むことはなかったから、やっぱり私はクロエなのね）

たとえ記憶が蘇っていても、前世とまったく同じではない。

前世を思い出したばかりの頃と比べると、性格や考え方も少し変化してきたように思う。

記憶が融合してきたからか。

今のクロエの考え方、生き方を、少しずつ模索していくしかないのだろう。

ギルドで聞いた話によると、ふたりが受けた依頼のお陰で、教会の子ども達も無事に回復したようだ。エーリヒと相談して、一度、教会の様子を見に行くことになっている。

最初はエーリヒは、クロエがスラムに行くことに反対だった。

けれど自分の気持ちを語り、しあわせになることに後ろめたさのようなものを感じていると伝えると、クロエの意思を尊重してくれた。

この国では、やはりエーリヒのような存在は稀有《けう》だと思う。

そんなことを考えながら黙々と魔石作りに熱中していたら、いつの間にか手元が見えにくくなってきた。

「あれ？」

視線を上げてみると、窓の外はもう薄暗くなっている。

「もうこんな時間？」

慌《あわ》ててランプを点けようと思って、立ち上がった。

この国には魔導師が少なく魔石も高価なので、一般市民は蠟燭《ろうそく》を使ったランプを使用していることが多い。

けれどこの家では、日頃から魔石を使うランプを使用している。クロエが魔石を作れるので、その辺は問題ない。

魔石を使ってランプを点けようとして、ふと不安になる。

エーリヒはまだ戻らないのだろうか。

早めに終わらせてくると言っていたのに、日が暮れるまで戻らないのはさすがに心配だった。

（どうしよう……。迎えに行ってみようかな？）

魔石を箱にしまい、立ち上がった途端に、エーリヒが家に駆け込んできた気配がした。

「クロエ？」

「エーリヒ、どうしたの？」

部屋に飛び込んできたエーリヒは、クロエの姿を見てほっとしたように表情を緩めた。そのまま腕の中に抱きしめられる。

「よかった。部屋が暗かったから、あまり魔石作りに集中しすぎて倒れてしまったのかと思った」

「ごめんなさい」

クロエを心配していたのだと知って、謝罪する。

「つい熱中しすぎて。今、明かりをつけようと思っていたの」

「クロエは身体《からだ》があまり丈夫ではない。無理はするなと、いつも言っているだろう？」

優しい口調だったが、抱きしめてくれる腕にはいつもより力が込められている。本当に心配をかけてしまったようだ。

「今度から気を付ける。でも、エーリヒも遅かったね。心配で、迎えに行こうと思っていたのよ」

「ああ、そうだね。ごめん。依頼自体はすぐに終わったんだけど、ギルドで時間を取られてしまって」

「ギルドで？　まさか、またあの人が？」

またサージェがエーリヒに絡んだのかと思い、険しい顔をするクロエに、エーリヒはそうではないと首を横に振る。

「違う。サージェではなくてロジェだ」

「ああ、ロジェね」

エーリヒを呼び止めていたのが、いつも親身になってくれる受付の男性だったと知って、クロエは首を傾げた。

「新しい依頼の斡旋《あっせん》とか？」

「いや。もうすぐクロエは、この国の国籍を取得できるだろうと教えてくれた」

「そうだったの。エーリヒは？」

「俺はもう少し掛かりそうだ。でも、すぐに追いつくから」

最近ひとりで依頼を受けることが多いのは、その差を埋めようとしてくれたのだろう。

クロエは魔石を納品するだけで功績になっているが、エーリヒは地道に依頼を受けて、それを果たさなくてはならない。

だから、クロエよりも時間が掛かるのは当然だ。

「急がなくてもいいの。だから無理はしないで」

「俺なら大丈夫。クロエのお陰で、最強の盾を手に入れたから」

「……盾って、もしかして」

クロエが魔法を掛けてしまったエーリヒの右腕を、クロエは抱きしめる。

「もし魔法が不完全だったら、怪我《けが》をしてしまうわ」

「クロエの魔法だ。そんなことはない。それに、何度も魔物の攻撃を受け止めたが、なんともなかった」

さらりとそんなことを言われて、息を呑《の》む。

「危ないことはしないで。お願いだから」

魔法の効果なんて、いつまで有効なのかわからない。

そう訴えると、エーリヒは素直に頷いてくれた。

「わかった。クロエが不安になるようなことはしないよ」

「……よかった」

ほっとして、そのままエーリヒに寄りかかる。

「明日、魔石の納品に行くわ」

「そうか。もしかしたらその時に、ロジェが国籍取得の話をするかもしれない」

「うん。エーリヒも行く？」

もうすぐ移民のクロエは、正式にアダナーニ王国の国民になれるだろう。

エーリヒはもう少し時間が掛かるかもしれないが、あれほど依頼を受けてすべて達成しているのだ。

焦らずとも、じきに許可は下りるだろう。

そうすれば、ふたりで新しい人生をやり直すことができる。

クロエはそう信じていた。


「魔石の納品です」

クロエは受付に声を掛けて、肩掛け鞄《かばん》の中から魔石を取り出した。

この中はアイテムボックスになっていて、魔石どころか何でも入るが、他から見れば普通の鞄でしかない。

「ああ、ご苦労さん」

受付にいたのはゲームのように可愛《かわい》い受付嬢ではなく、中年の男性のロジェである。彼はクロエもエーリヒも安心して接することができる、貴重な存在だ。

「あいかわらず、綺麗《きれい》な魔石だね」

そんなロジェは、クロエが納品した魔石を見て、そう言ってくれた。

「ありがとう」

お礼を言って、クロエはにこりと笑った。

「また依頼が入っているよ。受けるかい？」

「ええ、もちろん。でも全部は無理だから、優先度の高いものをひとつだけお願い」

本当はいくらでも作れるが、ここはセーブしておかなければ貴族に目を付けられてしまう。

「ああ、わかっているよ。これを頼む」

それはギルド側もわかっていて、あらかじめ依頼を優先順に選別しておいてくれる。本当に魔石が必要な人ではなく、ギルドにとって有益な人を優先しているのかもしれないが、その辺は完全に任せていた。

「いつも助かっているよ。それで、実はあんたに話があるんだ」

「話、ですか？」

国籍の話かもしれないと思いながらも、クロエは首を傾げる。

「ああ。話が来た以上、義務として話さなくてはならないからな」

「え？」

国籍獲得の話だと思っていたクロエは戸惑って、隣にいるエーリヒを見上げた。

ロジェは、ふたりがこの国の国籍を取得するために頑張っていたことを知っている。だからそんな言い方をするということは、その話ではないのだろう。

「かなりプライベートな話だ。だから別室で聞いてもらうことになるが、もちろんエーリヒも一緒でいい」

「……わかったわ」

あまり良い話ではなさそうだ。

でもギルドからの話を聞かないわけにはいかないし、エーリヒも一緒でいいと言ってくれたので、ここは素直に従うことにした。

クロエが同意したので、ロジェは受付の奥にある個室にふたりを案内してくれた。

狭い室内に、簡素なテーブルと椅子がある。

ここはあまり内容を公にできない依頼などを聞く部屋で、以前緊急依頼を受けたときに説明を受けた場所でもあった。

クロエはどんな話だろうと緊張しながら、エーリヒと一緒に、ロジェの向かい側に座る。

するとロジェは、さっそく話を始めた。

「実は、あんたにとある貴族から、養女にしたいという申し出があった。魔力はあまり強くないが質の良い魔石が作れると、最近は評判になっていたからね」

「えっ……」

思ってもみなかった話に、クロエは困惑する。

普通の移民だったら、国籍取得どころか貴族になれるのだから、喜ぶところだろう。

だが、クロエはもともと侯爵令嬢である。

元婚約者と父から逃げるために身分を捨てたのに、また貴族の養女になんてなりたいとは思わない。

「お断りすることは、可能ですか？」

それでも、この国の貴族が絶対的な権力を持っているのはたしかだ。

たとえクロエが望まなくとも、今の身分が移民である以上、断ることは難しいかもしれない。

そう思ったが、一応そう尋ねてみる。

だがロジェも、クロエがそれを望まないとわかっていたようだ。

「先方はかなり理解のある御方で、無理強いはしないが、それでも一度、話は聞きたいとおっしゃっていてね」

「……そうですか」

少しだけ、その返答に驚く。

この国の貴族にしては本当に珍しく、こちらの意思を尊重してくれるらしい。

それでも、面談は避けられないようだ。

その貴族がどれほどの爵位なのかわからないが、姿を変えたクロエはわからなくとも、エーリヒを知っている可能性は高い。

（もし王女をよく知る人なら、エーリヒが王女のお気に入りの騎士だと気が付くかもしれない）

クロエの予想では、王女はまだエーリヒに執着している。もしその貴族にエーリヒの居場所を告げられてしまったら、大変なことになる。

「もし面談をするのなら、私ひとりで行きま……」

「クロエ？」

エーリヒは驚いた様子で、クロエの言葉を遮る。

「何を言う。ひとりで行かせることはできない」

「でも……」

ロジェの前で詳しい話をすることはできない。それにエーリヒは、もう王女は自分のことなど忘れていると思っている。

そんな彼を、どうやって説得したらいいのだろう。

クロエが悩んでいると、ギルドの奥から声がした。

「彼女をひとりで貴族に会わせたくないようですが、何か理由でも？」

第三者の声に驚いて顔を上げると、奥の方の扉からもうひとりギルド員が入ってきた。

移民でありながら、正規のギルド員になった魔導師サージェ。

彼が勝手な思い込みでエーリヒを魔法で攻撃してから、クロエにとっては、父よりも、かつての婚約者よりも嫌いな男である。

会話をするのはもちろん、声を聞くのも嫌なほどだ。しかも、まだエーリヒを疑うようなことを言うのだから、思い込みが激しすぎる。

「このギルドには、守秘義務はないのですか？」

サージェが今までの話を聞いていたことを悟り、クロエはきつい口調でそう言う。

だが今までと同じように、サージェはクロエがなぜ、自分に敵意を向けているのかわからないようだ。

「あなたを守るために必要なことです」

優しく諭すように告げられて、何を言っても無駄だと思い知る。クロエは彼を無視することにして、ロジェに向き直った。

「この話は一度持ち帰らせてください。エーリヒとよく相談して決めます」

そう言うと、戸惑うエーリヒの腕を摑んで部屋を出る。

背後から呼び止める声がしたが、絶対に振り返らなかった。

「どうしてあんなに思い込みが激しいのかしら。あのキリフ殿下だって、もう少し話を聞いてくれるわ」

足早にギルドを出たクロエは、エーリヒにだけ聞こえるようにそう呟くと、困ったような顔をしている彼を見上げる。

「エーリヒも、王女殿下の執着をあまり軽く考えないで。もし面会した貴族がエーリヒのことを知っていたら、大変なことになるのよ」

王女はもう自分には興味がないだろうと、エーリヒは思っているが、クロエにはそうは思えない。

納得してもらうまで話すしかない。

そう思っていたクロエだったが、エーリヒはクロエの忠告に真摯に頷いてくれた。

「わかった。そんなことはあり得ないと思っているけど、クロエが不安なら、きちんと考える」

「……えっ」

自分で忠告しておきながら、その返答に驚いてしまう。

それくらい、思ってもみなかった言葉だった。

心配したことを、不安に思っていることを、真摯に受け止めてもらえたのが嬉しい。

とくに、元婚約者のキリフ以上に話の通じないサージェに会ってしまった後だから、なおさらだった。

「ありがとう。ちゃんと考えてくれて」

そう告げるとエーリヒは柔らかく微笑《ほほえ》み、クロエの黒髪をさらりと撫でる。

「クロエの言葉なのだから、当然だ。覚えていないかもしれないが、昔から俺のことを気遣い、心配してくれたのはクロエだけだった」

エーリヒは、昔のクロエを思い出すように目を細めてそう語り、そして今、隣にいるクロエの肩を抱く。

「そうやってクロエが俺のことを心配してくれて気遣ってくれるからこそ、俺は公爵令嬢や王女のお気に入りの人形などではなく、人間だと思うことができる。クロエの存在だけが、俺を生かしてくれるんだ」

「エーリヒ……」

真摯にそう語るエーリヒの言葉に、クロエは何だか切なくなって、自分の肩を抱くエーリヒの背に手を回す。

正式な婚姻ではなく庶子として生まれたエーリヒは、公爵家に引き取られたものの、ずっと従僕のような扱いであったと聞く。

異母姉《あね》である公爵令嬢は、美しい容姿のエーリヒを気に入り、ずっとお気に入りの玩具のように傍に置いていた。

その姉が婿を迎えることになり、今度は厄介払いのように騎士団に入れられてしまう。

さらにあの王女に目を付けられて、ずっと行動を制限されてきた。しかも今度は王女の縁談があるからと、廃棄される予定だったと彼は語っていた。

他人にどんなふう思われようと、どうでもいい。

ずっとそう言っていたエーリヒはその言葉通りに、サージェに疑われ、攻撃されても憤ったりしなかった。

向けられる悪意も敵意さえも、仕方のないことだと受け入れてしまうまで、虐げられ傷ついてきたのかと思うと、胸が痛い。

「エーリヒ」

クロエはもう一度彼の名を呼んで、エーリヒの背に回した腕に力を込めた。

「私が絶対にしあわせにするから。あなたを守るためなら、どんなことでもしてみせる。だから、私から離れないでね」

どんな運命だろうと、この力でねじ伏せてみせる。

「それは普通、男のセリフだと思うんだけど」

照れたように笑うエーリヒに、クロエは自らの中に眠っている魔女の力を確かめるように、静かに目を細めた。

「いいの。私がそう決めたんだから」

以前のクロエなら、こんなことは言わないだろう。

ふと不安に思ってエーリヒを見上げたが、彼の瞳に宿る優しさは、まったく変わらなかった。

予定ではギルドを訪ねたあとに、スラムの教会を訪ねる予定だった。

流行り病も落ち着いてきたので、一度、子どもたちの様子を見に行きたいと思っていたのだ。

「どうする？」

けれどギルドでの出来事のせいで感情が昂《たか》ぶり、落ち着かない様子のクロエに、エーリヒは優しくそう尋ねる。

「……行くわ。差し入れも持ってきたし、渡さないで帰るのは嫌だもの」

「わかった。じゃあ、行こうか」

手を差し伸べられて、しっかりと握る。

隣を歩くエーリヒは何だか楽しそうで、クロエもつられて笑顔になった。

(そうね。嫌な人のことなんて、忘れるのが一番だよね)

せっかくエーリヒと町を歩いているのだから、楽しまなければ損だ。

そう思って顔を上げると、穏やかな微笑みを浮かべたエーリヒを見てしまい、思わず息を止める。

(な、なんて破壊力……)

エーリヒは、クロエとふたりきりのときはもちろん笑ってくれるが、他人がいる場所では、無表情か、不機嫌な顔をしていることが多い。

それが整った容貌をますます人形めいたものに見せていて、近寄り難《にく》い印象があった。

でも今は違う。

淡く微笑み、しあわせそうに目を細めた様子は、途轍《とてつ》もない破壊力である。すれ違った女性が、頬を染めて振り返る。

クロエは思わずエーリヒの腕を掴み、ぐいっと引っ張った。

そんな笑顔は、王女や彼の異母姉はもちろん、その辺を歩く人にだって見せたくない。

「どうした?」

そんなエーリヒは周囲の視線などまったく気が付いていないようで、不思議そうに首を傾げる。

それがまた絵になるから、質《たち》が悪い。

「何だかエーリヒが嬉しそうだなって」

「うん。俺も、こんなに浮かれるとは思わなかった」

そう言うと、腕に摑まっていたクロエを抱き寄せる。

「クロエが俺のことを心配してくれて、すごく嬉しかったから」

エーリヒの、幸せそうな顔に何だか切なくなる。

心配は、ときには疎ましく思われることもある。人によっては余計なお世話だと感じ、怒りを覚える者もいるだろう。

それなのにエーリヒは、クロエの心配が嬉しくて仕方なくて、こんなに輝かしい顔で笑っている。

「大事な人を心配するのは、当然だから」

思わずそう言ってしまい、はっとする。

エーリヒは、昔から自分のことを気遣い、心配してくれたのはクロエだけだったと語っていた。

だから今の言葉は、他の誰もエーリヒを大切に思っていなかったと言ってしまったようなものではないか。

「ご、ごめんなさい。ただ、私は」

謝罪の言葉を口にするクロエが、どうして慌てているのかわかったらしく、エーリヒは笑った。

「そんなこと、気にしなくていいよ。俺にはクロエがいてくれたら、それでいいんだから」

「……そうね。考えてみたら、私にもエーリヒだけだわ」

家族にも婚約者にも捨てられ、エーリヒと一緒に逃げてきたのだ。クロエに残されているのも、彼だけだ。

それを告げると、エーリヒはますます嬉しそうに、クロエの手を取って歩き出す。

まるで恋人同士のデートのようだが、目的地はスラムにある教会だ。

そこに住み着いたトリッドという冒険者が、親のいない子ども達の面倒を見ている。緊急依頼で教会の存在を知ったクロエは、それからずっとその子達のことが気になっていた。

だから一度、差し入れを持って会いに行こうと思っていたのだ。

スラムの人間の中には、クロエの姿を見るとにやついた顔で近寄る男もいた。

けれどエーリヒの鋭い視線にたじろぎ、声を掛ける前に逃げていく者が多い。

スラムという生存競争の激しい世界で生きている彼らは、敵わない相手だとすぐにわかったのだろう。

そうやってエーリヒがしっかりと守ってくれたお陰で、トラブルもなく教会に辿り着くことができた。

（でも以前は、こんなこともなかったのよね。あれは、やっぱり流行り病のせいだったのかな？）

恐ろしい病が流行していたのだから、彼らも他者を脅す余裕もなかったのかもしれない。

そう思いながら、教会に辿り着く。

以前の訪問では流行り病に冒されて寝込んでいた子ども達が、今は頑丈な柵に囲まれた安全な庭で、走り回って遊んでいる。

あの柵は、侵入者から子ども達を守るために、元冒険者の男が作ったのだろう。

その子ども達の笑顔に、ついクロエの頬も緩む。

さっそく教会に向かおうとしたが、エーリヒに止められた。

「エーリヒ？」

「クロエ、隠れて。先客がいるようだ」

「え？」

先客がいても、別にかまわないのではないか。

そう言おうとしたクロエは、エーリヒが指す先にいた人物を見て、咄嗟に建物の影に身を隠した。

後ろを向いているので顔まではっきりとわからないが、複数の護衛を連れた若い女性のようだ。

輝くばかりの金色の髪といい、白い肌といい、間違いなく貴族の令嬢だろう。彼女は元冒険者だったという男と、親しげに話をしていた。

「ありがとう。あなたの情報のお陰で、彼女を見つけることができたわ」

顔は見えないが、声ははっきりと聞こえる。

美しく、透き通るような声だ。

「いいえ、お役に立てて何よりです。お探しの魔石を作れる移民の女性が、予定通りに依頼を受けてここに来てくれて幸運でした」

（え……）

魔石を作れる移民の女性。

それが間違いなく自分のことだとわかって、クロエはびくりと身体を震わせた。

ふたりは、そのクロエがここにいることも知らずに会話を続けている。

「養女にしたいって申し出てもらったけれど、きっと無理でしょうね。でも、いいわ。一度でも会えたら、きっと何とかなるから」

まさか彼が、クロエのことをこの貴族の女性に報告していたとは思わなかった。

そしてあの養女の話には、この女性が関わっているらしい。

(何が目的なの?)

注意深く彼女の後ろ姿を見つめていたクロエの耳に、恐ろしい言葉が聞こえてきた。

「あのわがまま王女のお気に入りの騎士も一緒に見つかるなんて、運が良かったわ。あの人のために、ふたりとも手に入れてみせる」

気が付けばクロエは、エーリヒの手を引いて走り出していた。

エーリヒは何度か足を止めようとしたが、それでも嫌がるように首を横に振り、手を強く引っ張ると、付いてきてくれた。

スラムを駆け抜け、いつもの街並みに戻ると、ようやくクロエも足を止める。

まさかトリッドが、自分達のことを報告していたとは思わなかった。

養女の話を聞かされたとき、そのまま面会の約束をしていなくてよかったと、胸を撫でおろす。

あの人の話を聞かないギルド員も、たまには役に立つようだ。

(ああ、結局差し入れは渡せなかった)

クロエのアイテムボックスには、子どもたちに渡そうと思って作ったクッキーと、衣料品や保存食などが入っている。

あの教会で保護されている子どもたちに罪はないと思うが、あんな話を聞いてしまえば、もうスラムを訪れようとは思えなかった。

「たしか、クロエのアイテムボックスに入っているものは、劣化しないんだよな？」

「え？　うん、そうよ」

ふいにエーリヒにそう聞かれて、こくりと頷く。

クロエは魔女で、願ったことを叶《かな》える力を持つ。

だから、ゲームのようなアイテムボックスが欲しいと願ったことで、それが手に入った。アイテムボックスに入っているものは劣化せず、何年経《た》ってもそのままの状態を保っている。

「だったら、いつかあの子どもたちに渡せる日が来る。だから大丈夫だ」

エーリヒは昨日、クロエが子どもたちに食べてほしくて、何種類もクッキーを作っていたことを知っている。

だから、そう言って慰めてくれたのだろう。

「……そうね」

だから笑顔でそう答えた。

けれど自分だけならまだしも、あの女性がエーリヒも狙っていると知ったからには、迂闊《うかつ》に近寄るつもりはなかった。

あの養女の話も、きっぱりと断らなくてはならない。

(面会も、どうにかしないと……)

会うことさえできれば、何とかなる。

彼女はそう言っていた。

だから、面会も拒むつもりだ。

貴族からの申し出を、移民であるクロエが断るのは容易ではないだろうが、たとえギルドを除籍になったとしても、面会だけは避けなくてはならない。

(まさかこんなことになるなんて)

予想外の事態が続いている。

冒険者になれば自由になれると思っていた。

だが実際は、貴族社会とそう変わらない。

移民は差別され、かつて差別されていた人間も、逆の立場になれば簡単に人を見下す。

あのギルド員のサージェだけではない。

他の魔法ギルドの女性も、クロエが魔導師だと知る前は見下してきたのだから。

(この国の在り方を変えなくては、どんな立場になっても何も変わらないのかもしれない……)

スラムの教会で子ども達を見たときも、そう思った。

けれどあのときと違い、今度は貴族の女性が関わっている。

しかも彼女は、エーリリヒの素性を詳しく知っているようだ。

深く踏み込むには、危険すぎる。

「クロエ」

ふと名前を呼ばれて顔を上げると、いつの間か家に着いていた。

「あ……」

「家の中に入ろう」

そう促されて、素直に従う。

馴染んだ家に戻ってくると、ほっとした。

ソファに深く座り込んだクロエの肩を、隣に座ったエーリヒが抱き寄せる。

「あの貴族の女性の話、エーリヒには聞こえた？」

甘えるように身を寄せながら尋ねると、彼は頷いた。

「ああ、少しだけ。クロエを養女として迎えたいと言った貴族と、関わりがあるような口調だった」

「……それだけじゃないわ。彼女は、エーリヒのことを王女のお気に入りと言っていたの」

そこまでは、彼の耳に届いていなかったようだ。

王女と聞いた途端、身体を強張《こわば》らせるエーリヒに、クロエは静かに寄り添った。

クロエも元婚約者を思い出させる若い男性に苦手意識を持っているが、前世の記憶が蘇ってからは、トラウマと呼ぶほどではなくなっている。

けれどエーリヒは、若い女性全般を嫌悪しているし、王女の名前を聞くだけで表情を曇らせる。

エーリヒを落ち着かせるように、クロエはしばらく彼の傍に寄り添っていた。

「クロエは、これからどうしたい？」

やがてエーリヒが口を開いた。

そう聞かれて、思案する。

「そうね……」

今まで、想定外のことばかり起こっている。

元婚約者や父は、クロエのことなどきっと捜そうともしない。そう思って、さっさと王都を脱出するつもりだった。

けれどクロエが思っていたよりもずっと、王都の人の出入りは厳重に管理されていた。

何か思惑がありそうだが、父が自分を捜していたことにも、驚いた。

だから別人になろうとして、移民のクロエとして暮らすことにした。

魔法を実践してみたくて魔法ギルドに登録したのに、変な絡み方をしてくるギルド員のサージェのせいで、ギルドに必要以上に近寄る気になれず、ただ魔石を作って納品しているだけだ。

魔法の練習は、結局できないまま。

しかも、今度はその魔石のせいで、貴族の女性に目を付けられてしまった。

「こうして考えてみると、なかなか前途多難だよね」

エーリヒと一緒だったからあまり悲愴感はなかったが、よくよく考えてみれば順調とは言い難い状況だ。

「これから……。どうしたらいいのかな」

クロエは考えを巡らせる。

あの貴族の女性は、魔石が作れる移民の女性を探している様子だった。

かなり力を抑えたつもりだが、質の良い魔石を大量に作りすぎたのかもしれない。

今さらかもしれないが、これ以上は危険だ。

「魔石は当分、作らないようにしようと思うの。えっと、急に作れなくなることって、ある？」

そう尋ねると、エーリヒはクロエの肩を抱いたまま答えてくれた。

「そうだな。魔力の使い過ぎで一時的に魔法を使えなくなることはあるが、休めば回復する。あとは、無理をしすぎて身体を壊して、魔力が減ってしまう場合か。その場合は、戻らないことが多いようだ」

「……それでいくわ」

思えば、かなりの数の魔石を、求められるまま納品してしまった。

でもそれは、エーリヒと結婚したいために、かなり無理をして作っていたことにしようと思っている。

そして目標を達成できそうなタイミングで、無理をしすぎてもう魔石が作れないと告げる。

「そうすれば、向こうはもう、魔石が作れない移民の女には興味がないと思うの。もしそれでも強引に面会させようとするなら、ギルドを辞めてもいい」

それくらいの気持ちだと言うと、エーリヒはさすがに驚いたようだ。

「冒険者になりたかったのに、いいのか？」

「うん。もういいの。この国では、冒険者ギルドでさえ、自由ではないと気が付いたから」

クロエは、迷いなく頷いた。

前世の記憶から、冒険者というのは自由なイメージがあったけれど、この国ではそんな自由は得られない。

それどころか、今のままでは危険の方が大きいだろう。

「わかった。それがクロエの望みなら。だが、依頼を受けてしまった分はどうする？」

「そうね……」

クロエは視線を動かして、部屋の片隅に置かれている魔石を見つめた。

今日、新しい依頼を受けたばかりだ。

「それは、最後に頑張って作ったことにして……。ううん、違約金を支払って断ったほうがいいかもしれない」

それも、今すぐに違約金を支払って断るよりも、少しずつ納品し、納期に間に合わなくなってから仕方なく支払う方が、信憑性《しんぴょうせい》が増すのではないか。

そう言うと、エーリヒも同意してくれた。

「わかった。少しずつ納品しながら、クロエの体調が悪くて、もしかしたら間に合わないかもしれないと言っておくことにする」

今まで魔石を売った分で蓄えはできているし、最初に宝石を売ったお金もまだある。

ここは、家に引きこもった方がいい。

「体調を崩して寝込んでいることにすれば、無理に面会をしろとは言われないと思う。それでも言われたら、ギルド脱退しかないわね」

結婚は遠ざかってしまうが、今はエーリヒの身の安全の方が大切だった。

「……そうだな。クロエの身の安全が第一だ。魔石は明日から、少しずつ納品していく。新規の仕事は断るよ」

「うん、お願いね」

クロエはしばらく外出もせず、家でおとなしくしていることになる。

本当はエーリヒにもギルドに行ってほしくないが、さすがにふたりが一緒に休むと不自然だ。

エーリヒは今まで通りギルドに通い、依頼を受けることになった。

「気を付けてね。もし危ないことがあったら、すぐに戻ってきて」

この家にさえ戻ってきてくれたら、クロエがエーリヒを守れる。

「ああ、わかった。そうする」

エーリヒがすぐに頷いてくれたことに、深く安堵《あんど》する。

約束してくれたように、エーリヒはクロエの心配を軽く考えたりせずに、ちゃんと考えてくれる。

それがとても嬉しい。

翌日から、エーリヒは魔石を小分けにして納品してくれた。

その際にさりげなく、クロエの体調が悪くて心配だと、馴染《なじ》みのギルド員のロジェに打ち明けている。

依頼を達成できないと、せっかく上げたギルドでの評価も下がってしまう。

ロジェはそれを心配してくれたようだが、エーリヒは、たとえそうなってもクロエの身体《からだ》の方が大切だから、無理に作らせることはしない。

そう言ってくれたようだ。

「それで、大丈夫だった？」

外に出ることはできないので、朝から料理ばかりしていたクロエは、エーリヒのために夕食の配膳をしながらそう尋ねる。

「ああ。納品する魔石の量が多かったから、ロジェは前から心配してくれていたようだよ」

「……そうだったの」

それを聞いて、何だか申し訳なくなる。

クロエは、結婚のために必死に頑張っている健気《けなげ》な女性に見えていたようだ。

だが実際は無理どころか、あれでもかなりセーブした状態である。

本当に『魔女』の魔力は規格外らしい。

自分で制御できるようになるまで、力を封じたのは正しかったと改めて思う。

「このまま徐々に魔力が減ったことにすれば、それで大丈夫かな？」

気になるのは、何かとクロエに絡んでくるサージェというギルド員だ。

魔導師でもある彼は、同じ移民であるクロエを気に掛けている。

それだけなら良《い》い人だと思えるが、とにかく人の話を聞かず、クロエが嫌がっていることにも気が付かずに、善意を押し付ける。

さらにその善意も、移民すべてに向けられるものではなく、自分の気に入った相手にだけのようだ。

他の移民には、この国出身のギルド員よりも厳しいと聞いて、クロエは呆《あき》れていた。

好ましい要素などひとつもない相手だが、なぜかクロエに執着して、その相棒であるエーリヒを敵視している。

エーリヒを、いきなり魔法で攻撃してきたこともあった。

今のクロエにとっては、もう二度と会うこともないだろう元婚約者よりも、嫌いな相手だ。

「クロエは何も心配しないで、ここにいればいい。対応は俺に任せて」

「でも……」

ギルド員という立場を利用して、エーリヒに無理難題を押し付けるのではないかと心配になった。

「ロジェも心配してくれているみたいだし、明日は一緒に行くわ。違約金の話は、直接聞きたいから」

「……そうか」

心配そうな顔をしていたが、エーリヒは、クロエが決めたことには反対しない。

気持ちを話せば、ちゃんとわかってくれる。

クロエの意思を優先させてくれる。

この国で、そんな人と巡り合えるのがどれほど貴重なことか、クロエはもうよく知っている。

「例の貴族からの、養女にしたいという話の返事を聞かせてほしいと言われるかもしれない」

「それはさすがに伝言で断るわけにはいかないから、ちゃんと伝えるわ。体調を崩してしまって魔力が減ってしまった。もう魔石が作れないと言えば、向こうだって興味をなくすと思う」

むしろ、スラムの教会で見かけた貴族の女性の話だと、エーリヒの方が危険な気がする。

あの女性は、エーリヒが王女のお気に入りの騎士だと知っていた。

ひとりで行きたいところだが、さすがにそれは許してくれないだろう。

だから、ふたりでギルドに行くつもりだ。

（貴族の令嬢が、冒険者ギルドに来ることはないだろうから、大丈夫だとは思うけど……）

ゆっくりと夕食をすませ、その日は早めに休んだ。

翌日になってから、規定の数には少し足りない魔石を持って、エーリヒと一緒に家を出る。

「あ、そうだ。その前に……」

同じ魔導師ならば、クロエの魔力が弱まっていないことがわかってしまうかもしれない。もともとそれなりの魔力に見えるように調整していたが、さらにそれを弱めた。

「これで大丈夫かな？」

もともと自分にかけていた魔法なので、魔女の力を解放しなくとも、これくらいはできる。

魔力を弱めたことを報告すると、エーリヒはクロエの身体に影響はないか、心配してくれた。

「うん。私自身には何の影響もないよ」

「そうか。じゃあ、行こうか」

身体が弱っているという設定なのだからと、急に抱き上げられて慌てる。

「まさか、このまま行くの？」

「もちろん。魔力が弱まるということは、それだけのことだから。疑われないためにも、こうしないと」

「……うぅ」

恥ずかしいが、疑われるのも嫌だ。

「嫌なら、顔を隠せばいい。さあ、行こうか」

エーリヒはクロエを抱えたまま歩き出した。慌ててローブのフードを深く被《かぶ》って、顔を隠す。

（たしかに、これなら見えないけど……）

それでも、恥ずかしさは消えない。

「ごめんね。重くない？」

「全然。これでも、鍛えているからね」

「……そうだったね」

優美な外見をしているが、それでも彼は元騎士だ。クロエひとりを抱きかかえるくらい、何でもないのだろう。

ゆっくりと、揺らさないように歩いてくれる。

まるで壊れやすいガラス細工のように大切に運ばれて、胸が熱くなるような、何だか泣きたくなるような、自分でもどうしたらいいのかわからない気持ちになる。

「クロエ、ついたよ」

そう言われて、はっと我に返る。

「うん。エーリヒ、ありがとう」

下ろして、と言ったら、わざわざギルド内に設置してある椅子に座らせてくれた。

「魔石を、納品しないと」

顔を隠したまま、弱々しい声でそう言うと、受付から心配そうな声が聞こえた。

「クロエか？　体調が悪いらしいが、大丈夫か？」

ロジェの声だ。

エーリヒはサージェがいる魔法ギルドではなく、冒険者ギルドに連れてきてくれたようだ。

たしかに受けた依頼は、どちらで納品しても構わないことになっている。

クロエもこちらの方が、都合がよかった。

心配してくれた彼に礼を言って、クロエは魔石を取り出す。

「ごめんなさい。これしか作れなくて。もう依頼は期限切れになってしまうので、違約金を……」

「……ああ、そうだね。うーん、足りない魔石はあと少しだから、違約金は報酬から支払えると思うけれど、そうするかい？」

「はい。お願いします」

報酬が減るのは当然だし、依頼を果たせなかった場合、一定期間、同じような依頼は受けられなくなると説明された。

「はい。構いません。しばらくは、魔石も作れないかと」

「そうだね。もう少しだったのに……。でも今は、ゆっくり休んだ方がいいよ」

ロジェはクロエとエーリヒが何を目指して頑張ってきたのか知っているだけに、残念そうな顔をしてくれた。

「この間のお話も、残念ですがお断りさせていただきます。この状態では、お望み通りの働きはできないと思いますので」

「……ああ、そうだね。そう伝えておくよ」

あっさり承諾してくれたことに、ほっとする。

やはり貴族の養女にという話も、魔石が作れることが前提だったのだろう。

こうして無事に最後の魔石を納品し、他の依頼もキャンセルした。

サージェにも会わずにすんだ。

貴族の養女に、という話もきちんと断って、これで大丈夫だと安心していた。

それなのに、もう帰ろうという頃になって、運悪くサージェが冒険者ギルドの方にやってきてしまった。

そこでクロエが依頼をキャンセルしたこと、体調を崩していることを知ってしまったらしい。

「納品する魔石の量が多いと、心配していたんだ」

そんなことは今までひとことも口にしたことはないくせに、そう言ってエーリヒに詰め寄った。

「魔導師なら、自分の魔力量はわかっているはず。魔力が減ってしまうことを、何よりも恐れている魔導師が、自分で加減を間違うはずがない。やはり君が、無理やり作らせていたのだろう？」

どんなにクロエが違うと声を上げても、まったく聞き入れてくれない。彼の思い込みの深さは、もう妄想の域に達しているようだ。

「いい加減に……」

「クロエ」

激高しそうなクロエを、エーリヒは押しとどめる。

「体調を崩しているのだから、今日はおとなしくしていないと駄目だ」

そう囁《ささや》かれて、平手打ちをしたことを思い出す。

この人はもう、自分がはっきり断らないと、わからないのではないか。

そう思っていたけれど、貴族との面会を断るほど具合が悪いという設定である。たしかにエーリヒの言う通りに、ここはおとなしくしていなければならない。

だから、何も言わずにエーリヒの背後に隠れていた。

クロエが黙っているのをいいことに、サージェはさらに言葉を続ける。

「大丈夫だ。私なら、君を守れるよ。それに、効率的な魔石の作り方を教えてあげるから、これからはもっと魔石が作れるようになる。ギルド員になれるように、推薦しても構わない」

「……」

それはクロエの心配というよりも、クロエの作り出す魔石が目当てのような気がする。

(魔石目当てなのは、むしろあなたでしょう……)

よくエーリヒのことを言えるものだ。

あまりにもクロエに執着している様子に、成り行きを見守っていた周囲の視線も冷めていく。

サージェもそれに気が付いたのだろう。

「これが君を助けられる、最後のチャンスかもしれない」

焦ったように、まだそんなことを言う。

「もう何度も言っていますが、私は彼と一緒に生きていくために、今まで頑張ってきたのです。助けなど必要ありません。もう私に関わらないで。……迷惑です」

ギルドには、たくさんの冒険者やギルド員がいて、こちらの様子を窺っている。

だから、ここできっぱりと言わなくてはならない。

クロエはこれが自分の意思だと示すために、エーリヒから離れ、サージェの顔を見てそう言った。

「……なっ」

きっぱりと拒絶され、激高したのか、サージェはクロエに手を伸ばした。

けれどエーリヒがその前に立ち、クロエを庇《かば》う。

「魔力の高さに目を付けて、クロエこそ自分にふさわしい相手だと吹聴していたようだが、クロエが選んだのは俺だ」

背後からクロエを抱きしめ、選ばれたのは自分だと、誇らしげに言うエーリヒに、クロエもそっと身を預ける。

「私こそ、あなたが選んでくれたから、こうして生きていけるのに」

あのときエーリヒが追ってきてくれなかったら、父によって簡単に連れ戻され、魔法が使えることも知られて、利用されるだけの人生になっていたかもしれない。

互いに支え合い、寄り添うことができる。

そんな理想の関係を築くことができるのは、きっと彼だけだ。

クロエに拒絶され、エーリヒに牽制《けんせい》されたサージェは、まだクロエが騙《だま》されているとか、利用されているだけだと言い続けていたが、もう相手にする必要もない。

エーリヒと一緒に、さっさとギルドを離れることにした。

「これで、もう私に関わらないでくれたらいいんだけど」

ギルドからだいぶ離れたところまで来て、クロエは溜息《ためいき》をつく。

「しかも、勝手に自分にふさわしいとか、自惚《うぬぼ》れが過ぎるわ」

「クロエの魔力と、クロエ自身に惹《ひ》かれていたのだろう」

エーリヒはそう言ったが、クロエには魔石目当てだとしか思えなかった。

「きっとあの人だって、欲しいのは魔石だけよ。私の話なんて、最初からまったく聞いていなかったもの。魔石や魔力目当てでなければ、私のことなんて、誰も……」

「クロエ」

自嘲するようにそう言ったクロエの手を、エーリヒがそっと握った。

「クロエは綺麗《きれい》だし、魔力なんかなくても魅力的だ」

「エーリヒ……」

見惚《みほ》れるほど綺麗な顔で、優しく囁くようにそう言われて、クロエは恥ずかしくなって俯《うつむ》いた。

元婚約者や父に虐げられた過去は、前世の記憶が蘇《よみがえ》った今となっては、思い出してもそれほど心は痛まない。

けれど自分の価値を信じられない気持ちは、なかなか改善できないようだ。

でもエーリヒは、クロエがまだ魔法の力に目覚めず、父と元婚約者に怯《おび》えて暮らしていた頃のクロエを、好きだったと言ってくれた。あの頃から、クロエを救い出したいと思ってくれていたのだ。

「ありがとう。エーリヒがそう言ってくれるから、私は自分の価値を信じることができる」

「俺も同じだ」

エーリヒはそう言って、穏やかな笑みを浮かべる。

「最初はクロエを助けることができたら、死んでもいいと思っていた。でもクロエが俺のことを大切にしてくれたから、ひとりの人間として、一緒にしあわせになりたいと思うようになった」

「うん。絶対にしあわせになろうね」

手を繋《つな》いで、ふたりの家に戻る。

順調とは言い難《にく》い状況だった。

冒険者になりたいとか、魔法を学びたいとか、逃亡を決意したときに願った夢は、なかなか思い通りにいかない。しかも魔石のせいで貴族にも目を付けられて、これからどうなるか、少し不安もある。

（でも……）

クロエは、繋いだ手から伝わってくる温《ぬく》もりに、心が安らぐのを感じて微笑《ほほえ》んだ。

すべてが上手《うま》くいかなくとも、エーリヒはふたりで、慎《つつ》ましやかな生活ができると思っていた。

貴族からの申し出も、体調不良で断り、何かとクロエに絡んできたギルド員にも、きっぱりと迷惑だと告げた。

しばらくギルドに行く必要もないし、ふたりの家で魔法の本を読んだり家事をしたりしながら、エーリヒの帰りを待つ。

国籍が取得できなかったので正式に結婚はしていないけれど、もう夫婦のような生活をしている。

実際、移民同士は事実婚が多い。

夕飯の支度をしながら、クロエは思う。

愛する人と一緒に生きていけるのならば、それで充分ではないか。

むしろ今の状況は、前世の自分が何となく憧れていた、結婚生活そのものだ。

（私は今、幸せだし、近所の人たちだって、私たちのことを夫婦だと思っている。形に拘《こだわ》らなくてもいいのかもしれない……）

たしかにクロエには、望みをすべて叶《かな》えることができるほどの力がある。父や元婚約者も、サージェさえも簡単に排除できるだろう。

けれど力で強引に築き上げた世界では、きっとクロエはしあわせになれない。もともとの気弱なクロエはもちろん、今のクロエだって、人を傷つけるのは怖い。

それに、いくらクロエの力が強いとはいえ、もっと強い者はいるだろう。

王女の力だって未知数だ。

クロエよりもずっと、力の使い方は熟知しているに違いない。

敵の排除や復讐《ふくしゅう》に拘るよりも、エーリヒと一緒に暮らせる穏やかな日常を大切にしたい。

（魔石が良い値段で売れたから、お金はだいぶ溜《た》まったわ。でも、もう魔石を作ることはできないから、何か別の仕事を探さないと）

今は体調不良で休んでいることになっているから、すぐには無理だけれど、働いてみるのもいいかもしれない。

魔女の力は、アイテムボックスやお風呂場など、生活を便利にするために使おう。

もし戦うことがあるとすれば、それはエーリヒを傷つけられたり、奪われたときだけ。

何もなければ、移民のクロエとして生きていく。

そう決めていた。

けれどサージェも、養子縁組を申し出てきた貴族も、クロエのことを諦めていなかった。


それを思い知ったのは、それからひと月ほど経過した後のことだった。

あのあとも、エーリヒは冒険者として依頼を受け、ギルドにも通っていた。

サージェと遭遇するのが心配だったが、彼は基本的に魔法ギルドにいる。クロエがいなければ、冒険者ギルドに来ることはないらしい。

それを聞いて、ますます嫌な気持ちになるが、あれほどきっぱりと、迷惑だと言ったのだ。もうクロエが行っても、絡んでくることはないだろう。

(もう私は、ギルドには行かないけど……)

未《いま》だにクロエの魔石を求める依頼が殺到しているようで、エーリヒがギルドに行くと、クロエの体調はどうなのか聞かれるらしい。

それに対してエーリヒは、もう無理はさせない、魔石を作らせるつもりはないと言ってくれているようだ。

クロエはもう冒険者としては引退状態で、今はエーリヒの妻として、静かに暮らしている。

この日も、エーリヒが指名依頼を受けて出かけたあと、家事をしたり、近所の主婦たちとおしゃべりをしたりして、楽しく過ごしていた。

そろそろ夕飯の支度をしなければならないという主婦たちを見送り、自分もそうしようと、キッチンに立つ。

「今日は何にしようかな？」

アイテムボックスから適当な食材を取り出して、考え込んでいたとき。

「クロエさん、大変だよ」

そんなことを言いながら家に駆け込んできたのは、先ほど別れたばかりの近所の主婦のネリーだった。

「ネリーさん、どうしたの？」

「大変なのよ。帰ってきた旦那に聞いたんだけど、冒険者ギルドでちょっと揉《も》め事《ごと》があって、数人の冒険者が騎士団に連れて行かれたらしい。その中に、クロエさんの旦那さんがいたって」

「！」

クロエは思わず鍋を取り落とし、呆《ほう》けたようにネリーを見つめた。

「エーリヒが、騎士団に？」

騎士団の団長はクロエの父で、エーリヒも数年前まで所属していた。エーリヒが王女のお気に入りであることも、そんな王女から逃げたことも、知っているに違いない。

（どうしよう……。どうしたらいいの？）

パニックになりそうな心を必死に落ち着かせて、知らせに来てくれたネリーに礼を言う。

「教えてくれてありがとう。ギルドに行って、状況を聞いてみるわ」

「そうだね。それがいいよ。ひとりで大丈夫？」

年上で、面倒見の良いネリーに大丈夫だと微笑み、クロエは震える足でギルドに向かった。

揉め事と聞いたので、いつものように誰かが、エーリヒに絡んだのかもしれない。

それくらいだと思っていた。

だがギルドに辿《たど》り着《つ》いたクロエは、目の前の光景を見て思わず立ち止まった。

「え……。何これ……」

ギルドの建物の入り口が破壊され、壁が崩れている。

それは、とても揉め事程度のものとは思えない。

周囲には、遠巻きにギルドの様子を窺っている人たちの姿があった。

これでは騎士団も介入するわけだ。

（これ、もしかして魔法攻撃？）

崩れた建物から魔法の残滓《ざんし》を感じ取って、クロエは手を握りしめた。

この国で、魔法を使える者は少ない。

ギルドに所属している冒険者には、魔石を使う魔術師もいる。けれど魔石は高価なもので、こんなことに使うとは思えない。

そもそも、町中で攻撃魔法を使うことは禁じられているはずだ。

（サージェ。あの人がまた？）

エーリヒを攻撃したのなら、許せない。

クロエは半壊しているギルドを遠巻きに眺めている人たちをかき分けて、崩れている入り口から
ギルドに入った。

「ああ、クロエ」

内部もひどいものだった。

カウンターやテーブルが破損している。

予想以上の惨事に思わず立ち止まったクロエに、後片付けをしていたギルド員のひとりが話しか
けてきた。

馴染みのギルド受付員の、ロジェだった。

「ロジェ、何があったの？　エーリヒは？」

心配と、サージェに対する憤りで、思わず詰め寄る。

「詳しい話は、奥でするよ」

ロジェはそんなクロエを、ギルドの奥に導いた。

奥の部屋は無事のようで、促されて椅子に座る。ロジェも、クロエの向かい側に座った。

「攻撃魔法を使った気配がしたわ。またあの人が、エーリヒに絡んだのね？」

体調不良で休養していたことも忘れて、クロエはロジェが座った途端に、そう詰め寄る。

「……ああ、そうなんだ」

ロジェは疲れたような顔で、クロエの言葉に頷《うなず》いた。

エーリヒが指名依頼を受けるためにギルドを訪れたとき、たまたまサージェもこちらにいたようだ。

またクロエのことでエーリヒに絡んだが、さすがにクロエがきっぱりと拒絶していたこともあり、周囲のギルド員も止めようとしたらしい。

他の冒険者たちも、自分の気に入った者しか優遇しない彼の態度には、以前から腹を立てていたようだ。

振られたくせにみっともないぞ、とやじられて、その冒険者に魔法で攻撃をしてしまったという。

エーリヒが庇ってくれなかったら、その冒険者は死んでいたかもしれない。

ロジェは苦悶《くもん》の表情でそう言った。

「いくら貴重な魔力持ちとはいえ、最近のサージェの行動は目に余る。魔法で攻撃するのは違法でもあるから、殺人未遂で騎士団に通報したんだ」

その判断は、間違っていないのだろう。

ギルド員が冒険者を魔法で攻撃して、さらにギルドも半壊している。それを通報しないようなら、信用を失うのはギルド側だ。

だが駆けつけた騎士の中に、エーリヒを知っている者がいたらしい。

近衛《このえ》騎士団に移動したとはいえ、数年前まではエーリヒも所属していたのだ。

それも当然のことか。

エーリヒを見て驚いた様子のその騎士は、関係者全員に話を聞きたいからと、エーリヒも連れて行こうとした。

「……たしかに、サージェが最初に絡んだのはエーリヒだったからね」

だがロジェは、その騎士には何か他の意図がありそうだったと、ぽつりと語る。

さらに殺人未遂で拘束されたサージェが、虐げられている女性を守るためだったと発言したせいで、その件についても調査をすることになってしまった。

「じゃあ、エーリヒは騎士団に？」

連れて行かれてしまったのだろうか。

しかも、サージェが余計なことを言ったせいで、クロエまで聴取されてしまうかもしれない。

おそらく彼は殺人未遂、町中で攻撃魔法を使った罪などでギルド員ではなくなるだろうが、最後にとんでもないことをしてくれたものだ。

「いや、エーリヒは別の場所にいる。騎士団が彼らを連れて行こうとしたとき、ある貴族の女性がギルドを訪れたんだ」

「……貴族？」

それは、クロエを養女にしたいと申し出た女性だったと、ロジェは語った。

「エーリヒに用事がある。彼に何か聞きたいことがあれば、自分を通してほしいと言っていた。かなり高位貴族の女性のようで、騎士たちも、彼女には逆らえない様子だった」

その女性はエーリヒを連れて行き、クロエに渡してほしいと手紙を置いていったようだ。

「これが、その手紙だ」

「……」

差し出された手紙を、クロエはしばらく見つめていた。

エーリヒがその女性におとなしく従ったのは、騎士たちに見つかってしまった以上、クロエの元に帰ることはできないと思ったからか。

(きっとこの手紙を受け取らず、ひとりで逃げてほしいと思っているでしょうね)

けれど、エーリヒが向こうに連れ去られてしまった以上、このまま手紙の受け取りを拒絶することはあり得なかった。

クロエは、覚悟を決めてその手紙を受け取る。

「以前、エーリヒから聞いたよ」

そんなクロエに、ロジェはすまなそうに言った。

「え?」

「貴族の女性に目を付けられてしまって、クロエと一緒に逃げてきたって。元騎士だと言っていたから、ギルドに来た騎士の中に、知り合いがいたのかもしれない」

「……ええ」

ロジェにはそう話していたのかと、クロエは同意するように頷いてみせた。

それから、返事が必要なものかもしれないと、手紙を開封してみる。

そこは綺麗な文字で、エーリヒを王女に引き渡すようなことはしないから、安心してほしい。会って話がしたいから、明日の朝、ギルドまで迎えの者を寄越すと書いてあった。

（やっぱり、エーリヒのことは知っているのね）

クロエは手紙をたたみ、ロジェに明日の朝、ここに迎えが来ることを伝えた。

「わかった。こんなことになってしまって、すまないな」

ロジェはそう謝罪してくれた。

もちろん彼のせいではないが、ギルド側がもう少し、サージェを抑えられなかったのかと思ってしまう。

（魔力持ちというのは、この国ではそれだけ貴重な存在だろうけど……）

おそらくサージェは有罪となり、もしかしたら国籍も剝奪されるかもしれない。

他のギルド員がそう噂《うわさ》をしていた。

そうなったらもう、魔石目当ての貴族に飼い殺しにされる未来しかないと。

そう思うとさすがに少し気の毒だが、クロエの言うことをまったく聞かずに、自分の良いように利用しようとしたのは彼だ。

クロエはひとりで家に戻り、明日のための準備を整えることにした。

エーリヒを連れて行った貴族の女性の目的が何なのかわからないが、もしクロエやエーリヒを利用しようとしているのなら、魔女の力を使っても逃げるつもりだ。

（これからも、ずっと一緒に生きるんだから）

今まで、色々と助けてもらった。

エーリヒが一緒にいてくれたからこそ、こうして別人になって生きることができた。

だから今度は、自分がエーリヒを救い出す。

そう決意して、ひとりで夜を過ごした。

疲れているはずなのに、まったく眠れなかった。

快適なはずのベッドは、何だか広すぎて寝心地が悪い。

クロエは毛布を握りしめて、明日のことを考える。

（起きたらすぐにギルドに行って、迎えにきた人と会う。それから、その貴族の女性と会って……）

手紙には、王女には渡さないと書いてあった。

それから考えても、エーリヒのことをよく知っているのだろう。

目的が何なのかわからないが、もし彼女がエーリヒと会わせてくれないようなら、強行突破も考えている。

（エーリヒと一緒なら、逃亡生活でもかまわない。この国を捨てて、誰も追ってこられないくらい遠くに逃げれば……）

これから先もふたりで生きるためなら、何もかも捨ててもかまわない。

そんなことを考えながら、ほとんど眠れないまま朝を迎えた。

前世の記憶を思い出してから、ひとりで夜を過ごしたのは初めてだ。

当たり前のように傍《そば》にいてくれたエーリヒの存在の大きさを、あらためて思い知る。

ひとりでは、朝食の準備をする気にもなれなかった。

ギルドに向かうまでの時間、ただベッドの上に座って、ぼんやりと過ごす。

（この家には、もう戻れないかもしれない）

相手がどう出るかわからないが、敵対しても共存を選んでも、もう平穏な生活は望めないだろう。

（ああ、そうだわ）

クロエは思い立ち、衣服などの荷物はもちろん、調理器具や購入した家具まで、すべてアイテムボックスに収める。

「うん、これでいいわ」

どこで生きることになったとしても、これでこの家のものはすべて持っていける。

最後に、少し惜しい気持ちはあったが、お風呂を作った部屋を元通りにする。

もしこの家に戻ってこられたら、また作ればいい。

そうしているうちに手紙に書かれていた時間が近付いたので、クロエは身支度を整え、何もなくなった家を出た。

ギルドの外壁は、まだ崩れたままだった。

依頼の掲示や斡旋《あっせん》などは、隣にある魔法ギルドのほうで行っているようだ。事情を知らなかった冒険者たちが、驚くように半壊したギルドの建物を見つめている。

そんな人たちをかき分けるようにして、クロエはギルドに入っていく。

内部は、だいぶ綺麗になっている様子だった。クロエが来たことに気付いたギルド員が、奥にある部屋に案内してくれる。

今日は、ロジェの姿はないようだ。

個室に案内され、部屋で待っていた案内人は、クロエも知っている男だった。

「あなたは……」

それはスラムの教会で子どもたちを保護していた、トリッドという大柄な男だった。

黒い髪に褐色の肌をしている彼は移民である。

けれどクロエは、スラムにいる彼のところを、あの貴族の女性が訪れた場面に遭遇している。

だから、それほど驚きはなかった。

貴族の女性と繋がっているのなら、ギルドに依頼などしなくとも、疫病の薬くらい手に入ったと思われる。

（あのスラムに行く緊急依頼そのものが、私たちを観察するために用意されたものだった？）

思い出してみれば、たしかに違和感はあった。

エーリヒも、スラムは以前はもっと殺伐としていたと言っていた。

彼も断れなかったのかもしれないが、それでも騙されたような気持ちになってしまう。

「エーリヒのところに案内してください」

だからクロエは、彼が何か言うよりも先にそれだけを言い、あとは沈黙した。

「わかった。裏に馬車を待たせている」

そんなクロエの様子に、トリッドも余計なことは口にせず、立ち上がった。

ふたりはギルドの裏口から出て、馬車に乗り込む。

(立派な馬車……)

クロエの生家、メルティガル侯爵家のものよりも、立派な馬車だ。

さりげなく視線を巡らせてみたが、紋章はなかった。

父は騎士団長で、武官の家柄だとはいえ、メルティガル侯爵家よりも大貴族というと、エーリヒの父であるアウラー公爵家。そしてもうひとつの公爵家、マードレット公爵家くらいだ。

(……むしろ、父の命を受けているだろう騎士団が引き下がったのだから、メルティガル侯爵家よりも格上でしょうね)

だが、アウラー公爵家ではないだろう。

エーリヒの話では、騎士団に入れられたあと、アウラー公爵家と連絡を取ったことはないらしい。

そして、もうひとつのマードレット公爵家には、クロエと同じ年頃の令嬢がいる。

彼女は、この国の王太子の婚約者だったはずだ。

それほど高貴な女性ならば、騎士団も従わざるを得ないだろう。

問題は、その女性がクロエとエーリヒに何をさせるつもりなのか、ということだ。

彼女の目的がわからない以上、用心したほうがいい。

無言のまま馬車は走り、やがて王城近くにある、広大な屋敷《やしき》に辿り着いた。

入口には執事らしき男性と、複数の侍女が馬車の到着を待っていた。

エーリヒに会えるまではおとなしくしていようと、クロエは素直に馬車を降り、彼らに案内されるまま屋敷の中に入る。

トリッドも、このまま同行するようだ。

(やっぱり、マードレット公爵家なのね)

さりげなく周囲を見渡し、門前に止まっていた馬車の紋章を見て確信する。

エーリヒとクロエにトリッドを通して接触しようとしていたのは、王太子の婚約者で、マードレット公爵家の令嬢、アリーシャだ。

案内されたのは客間の一室で、そこにはクロエと同じ年頃の女性が待っていた。

彼女が、そのアリーシャだろう。

流れるようなウェーブを描く金色の髪。白い肌。そして、青い瞳。

繊細で美しい人形のように整った容姿に、身に着けているドレスも最高級のものだ。

貴族が絶対的存在であるこの国でも、王族に次いで身分の高い女性である。

(このひとが、この国の次期王妃になるのね……)

王太子の異母弟《おとうと》であるキリフと婚約していたクロエだったが、彼女や王太子と話したことはない。ただ夜会などに参加したとき、遠目で見たことがあるだけだ。

アダナーニ国王には子供が四人いるが、その中でも交流があるのは、同じ正妃の子である王太子と、まだ十歳の第三王子の間だけ。

キリフは異母兄と異母弟、そして魔女である異母妹と交流がなく、その婚約者だったクロエも、正式に挨拶さえしたことがない。

だから向こうも、たとえ髪色が元の色に戻ったとしても、クロエのことがわからないのではないかと思う。

ここまでクロエを案内してきた執事が退出し、さらにアリーシャは部屋にいた侍女を下がらせた。

これで、この部屋にいるのは、アリーシャとトリッド。そしてクロエだけ。

エーリヒの姿はなかった。

「……突然呼び出してしまって、ごめんなさい」

三人だけになると、アリーシャはそう謝罪した。

移民としては、貴族に謝罪されたら受け入れなくてはならないだろう。

クロエは、静かに目を伏せた。

「あの……。エーリヒは、どこですか？」

「もちろん、すぐに会わせるわ。ただその前に少し、私の話を聞いてほしいの」

「……」

アリーシャの意図を探るように、クロエは彼女を見つめた。

もしエーリヒに会わせてくれないようなら強行突破も考えていたが、彼女はわざわざ使用人を部屋から出して、話がしたいと言った。トリッドが残っているのは、彼も少なからずクロエたちと関わったからだろう。

最初に謝罪したことからも、クロエを移民だと侮り、無理に言うことを聞かせようとしているわけではなさそうだ。

「わかりました」

まず、彼女の話を聞いてみよう。

そう思ったクロエが頷くと、アリーシャはほっとしたように表情を綻ばせる。

「ありがとう。私は、アリーシャよ」

そう名乗り、昨日の出来事を詳しく話してくれた。

「私がギルドに向かっていたのは、あなたに面会を申し込んだことに対しての、返事を聞きたかったからよ」

だがギルドに辿り着くと、外壁が崩れ落ち、中には複数の騎士がいた。

「揉めている様子だったから、冒険者同士が争っていて、騎士団が介入したのかと思ったのよ」

けれど実際には、騎士たちが複数でエーリヒを取り囲み、かなり殺伐とした雰囲気だったようだ。

「あなたがどこまで知っているかわからないけれど、エーリヒはこの国の王女殿下……。魔女であるカサンドラ様のお気に入りだったわ」

そう告げたあと、アリーシャは窺うようにクロエを見た。

魔女カサンドラのことは、この国に住む者なら誰でも知っている。

その恐ろしさも知れ渡っているだろう。だからクロエが、その名を聞いて怖気《おじけ》づくのではないかと心配したようだ。

「はい。エーリヒから聞いています」

だからクロエがきっぱりとそう言うと、驚いたように目を見開いた。

「そうだったの……。それでもエーリヒと一緒にいるのね」

「はい」

強い意志を込めて、こくりと頷く。

それだけは、何があっても揺るがない。

そんな決意が伝わったのか、アリーシャは詳しい事情を語ってくれた。

「カサンドラ様に気に入られてしまったせいで、エーリヒは狙われている。エーリヒを排除しようとしている者たち。そして、エーリヒを使って王女を自由に操りたい者たちにね」

そのエーリヒを排除しようとしている者が、あの騎士たちに深く関わりのある人物だと告げた。

「それは……」

騎士を自由に使えるのは、クロエの父であるメルティガル侯爵だ。

嫌な予感がして、クロエはアリーシャを見つめた。

「そう。騎士団長のメルティガル侯爵よ」

その視線を受けて、アリーシャはそう告げた。

「極秘情報だけれど、カサンドラ様は、メルティガル侯爵家の次男に嫁ぐ予定だったの。どうやらその次男には魔力があるみたいで、魔女の素質が受け継がれることを期待したのね」

会ったことのない異母弟と、魔女である王女の婚姻。

エーリヒは以前、クロエの婚約に関して、国王と父の間で何か契約があったようだと言っていた。

それは、このことだったのか。

「メルティガル侯爵は、自分の息子とカサンドラ様の婚姻には、エーリヒが邪魔だと思っていた。騎士達は、彼を見つけ次第、殺してしまえと命令されていたようなの」

「！」

「カサンドラ様は、エーリヒをとても気に入っていた。だから、結婚の話も受け入れないのではないかと危惧していたようね」

父と国王の契約について考えていたクロエは、父がエーリヒを殺そうとしていたと聞いて、言葉を失う。

（そんな……）

騎士たちに連行されたら、エーリヒは殺されてしまう。

アリーシャはそれを危惧して、彼を自分の手元に引き取ったのだ。

エーリヒは強いが、騎士団は攻撃魔法を使った者がいるという通報を受けて、国に所属する魔導師も連れていたらしい。

もし騎士たちや国家に所属している魔導師と戦っていたら、エーリヒでも無傷ではすまなかっただろう。

「エーリヒを助けていただいて、ありがとうございます」

それがわかったから、クロエも素直に礼を言った。

けれどアリーシャは以前教会で、クロエとエーリヒのことを手に入れたいと語っていた。

助けてくれたのも、善意だけではないだろう。

「お礼なんていいのよ。私も、あの人のためを思ってしたことだから」

そんなクロエの警戒が伝わったのか、アリーシャはあっさりと手の内を明かした。

「あの人、とは……」

「この国の王太子である、ジェスタ様のためよ。彼は、私の婚約者なの」

そして、エーリヒを利用して王女を操ろうとしている人たちは、彼女を王太女にすることを目的にしているのだと告げた。

「カサンドラ様はまだ、エーリヒを諦めていない。だから、女王になれば配偶者を自由に選べる。そんなことを囁いて、唆《そそのか》す者がいるのよ」

そこにエーリヒの意思などない。

貴族にとって、庶子であるエーリヒなど道具でしかないのだろう。

（本当に、この国の貴族は嫌な人たちばかり）

その王女だって、エーリヒのことを人形扱いだったと聞く。

「恐ろしいほどの力を持っているけれど、カサンドラ様は、ただのわがままな子どもよ。そんな人が女王になってしまえば、この国はもっと酷《ひど》いものになってしまう。私は、この国を変えようとして戦っているジェスタ様のために、あなたたちの力を借りようとしていたの」

アリーシャの言葉には熱が込められていて、嘘《うそ》ではないとクロエにもわかった。

しかし彼女は、クロエがメルティガル侯爵家の娘であることも、王女と同じ魔女であることも知らないはずだ。

「エーリヒならともかく、私にそれほどの価値があるとは思えません」

「……実は、私は魔術師なの」

そんなクロエに、自分は魔力を持って生まれた魔導師ではなく、魔石の力を借りて魔法を使う魔術師だと、アリーシャは告げた。

「守護魔法を使って、カサンドラ様の悪意からジェスタ様を守っているわ。あなたの魔石は本当に素晴らしくて、他のどの魔石よりも強い守護魔法を使うことができた」

婚約者を守るために、魔法を学んだらしい。

(やっぱり魔石だったの？)

質を抑えたつもりだったが、それでも魔女であるクロエが作った魔石は、同じ魔女のカサンドラにも強い効果があったようだ。

「ジェスタ様は移民問題や、女性の地位向上のための改革にも取り組んでいらっしゃるの。彼が王になる頃には、きっとこの国も変わるはず。それにスラム街の問題にも、きちんと向き合っているわ」

静かに見守っていたトリッドは、アリーシャの言葉に深く頷いた。

「貴族もこの国も信用できなかったけれど、ジェスタ様とアリーシャ様ならば信じられる。俺はそう思っている」

「……」

クロエも、ずっと思っていた。

この国は、あまり良い国ではないと。

そしてクロエも、スラムの子どもたちを見て、救える力があるのに何もせず、自分たちだけしあわせになってもいいのかと悩んでいた。

王太子とその婚約者であるアリーシャは、この国を変えようとして戦っているのだろうか。

「私に、何を望んでいますか？　私に魔力があるとわかったのは最近で、魔石を作ることしかできません」

自分は魔導師としては未熟だと、しっかりと伝えておく。

本当は魔法ギルドで練習するつもりだったのに、サージェのせいで何もできなかった。

「マードレット公爵家の養女に……。私の義妹になってほしいの」

そんなクロエにアリーシャは、ギルドを通して伝えた要求をもう一度伝えた。

「身内に、国に制御されていない魔導師がいることは、私たちにとって大きな力になる。ジェスタ様を守るための、魔石の確保にも協力してもらえたら嬉《うれ》しいわ。もちろんあなたとエーリヒの安全と、ふたりの結婚は保証する。私の義妹の夫になれば、さすがにメルティガル侯爵もエーリヒに手が出せなくなる」

それに、とアリーシャは続けた。

「魔法なら私も教えられる。私がジェスタ様に掛けている守護魔法……。ジーナシス王国で学んだ、魔女の力から身を守れる魔法も、あなたに教えるわ」

「魔女の力から……」

「ええ。私は、ジーナシス王国に留学したことがあるの。もちろん、魔法の勉強のためよ」

異母弟の母の出身地でもあるジーナシス王国には、複数の魔女がいると聞いたことがある。

アリーシャは婚約者のためにその北方の国に留学して、守護魔法を学んだのだと教えてくれた。

(その魔法があれば、王女からエーリヒを守れる)

クロエは王女と同じ魔女だが、まだ制御できない力だ。どちらが強いかもわからない。

だがその魔法を教えてもらえることができれば、確実に王女からエーリヒを守れるだろう。

アリーシャが求めているのは、クロエが作り出す魔石と、身内に魔導師がいるという安心。

代わりにクロエとエーリヒの身元と安全を保障し、魔女から身を守れる魔法を教えてくれるのだという。

だがそれを受け入れた場合、クロエは移民として、貴族社会に戻ることになる。

ひとりで決められることではなかった。

これからの、ふたりの将来にも関わることだ。

「エーリヒと会わせてください。ふたりのことだから、話し合いをしたいです」

「ええ、もちろん」

クロエがそう言うと、アリーシャは頷いた。

エーリヒは隣の客間にいるらしい。

「彼は、騎士達を全員倒してでもあなたのところに帰ろうとしていたの。でも残念ながら、ここは貴族のための国。騎士を傷つけてしまったら、メルティガル侯爵にエーリヒを排除する正当な理由を与えてしまう。だから、魔法で眠らせて連れてきたの」

しかもエーリヒは貴族が嫌いで、さらに女性も嫌っている。

アリーシャが説得しようとしても、聞く耳も持たなかったのだろう。

隣の客間に移動すると、エーリヒがソファに横たわっていた。

クロエはすぐに駆け寄り、彼に怪我《けが》がないことを確認して、ほっと息を吐く。

(よかった……)

アリーシャが、戦闘になる前に連れ去ってくれたからだ。

そっと頬に触れると、それが引き金になったかのように、エーリヒは目を覚ました。

状況をまだ理解していなかったのか、ややぼんやりとしている様子だったが、クロエを見つめた途端、その瞳に力が宿る。

「クロエ」

「エーリヒ。無事でよかった」

手を引かれ、逆らわずに身を任せる。

「ここは……」

「マードレット公爵邸よ」

答えたのは、部屋の入り口でこちらの様子を窺っていたアリーシャだった。

途端にエーリヒは殺気立ち、抱きしめていたクロエを背後に庇う。

その殺気を受けて、トリッドがアリーシャの前に立つ。

緊迫した雰囲気に、クロエは慌てて声をかけた。

「エーリヒ、大丈夫だから」

彼にしてみれば、知らないうちに貴族の邸宅に連れてこられたのだ。

警戒するのも無理はない。

「だが……」

「あの人がエーリヒを連れてきてくれなかったら、もっと大変なことになっていたかもしれないの。だから、少し私の話を聞いて」

「わかった。クロエがそう言うなら」

エーリヒがクロエの言葉に頷くと、トリッドもすぐに背後に下がった。

「私とトリッドは部屋を出て行くわ。何かあったら呼び鈴を鳴らして」

そしてアリーシャも、ふたりでゆっくり話し合いたいだろうからと、トリッドを連れて部屋を出て行った。

マードレット公爵家から逃げ出すのは容易ではないだろうが、それでもクロエが魔導師だと知っているのに、ふたりきりにさせてくれた。

クロエたちが、ここから逃げ出すとは思っていないのか。それとも、見張ったり閉じ込めたりはしないという、誠意を示してくれているのか。

どちらにしろ、ふたりきりにしてくれたのは有難《ありがた》いことだ。

「今までのことを話すね」

クロエは今までの経緯と、アリーシャからの提案をエーリヒに説明した。

「ということで、こんな話があったんだけど……」

「俺は反対だ」

話を聞いてすぐに、エーリヒはこの話は受けるべきではないと言った。

「どんなに理想を掲げようと、クロエを利用しようとしていることには変わりはない。それに移民として貴族の中に入れば、いくらマードレット公爵家の名があっても、クロエを貶《おとし》めようとする者は必ず現れる。そんな悪意にクロエを晒《さら》したくない」

クロエのことを大切に思ってくれているからこそ、エーリヒはそう言って反対している。

(でも、私は……)

もともと、自分だけしあわせになることに罪悪感を持っていた。

それは王太子やアリーシャのように、この国を変えたいというような崇高なものではなく、ただ自分の気持ちを楽にしたいだけかもしれない。

それでもスラムにいる子どもたちや、虐げられた移民たちを救いたいと思う。

（それに、自分の野望のためにエーリヒを排除しようとした父や、彼を自分のもののように扱っていたカサンドラ王女を、許せない気持ちもある）

逃げ続けるよりも戦って、自分で居場所を確保したい。

そう思ってエーリヒを見上げると、彼はふと、表情を和らげた。

「それでもクロエが戦いたいのなら、俺も、一緒に戦う」

「え？」

まだ何も告げていない。

そう思って戸惑ったが、そんなクロエを見て、エーリヒは笑った。

「顔を見れば、全部わかるよ。クロエが過去と戦うというのなら、俺も一緒に。それだけだ」

「……ごめんなさい」

エーリヒは王女を嫌い、自らを閉じ込める檻《おり》だった王城を嫌っていた。

それなのに、クロエは彼をそんな場所に戻そうとしている。

「クロエ、最初に言っただろう？」

思わず謝罪の言葉を口にしたクロエの頬に、エーリヒはそっと手を添えた。

「やりたいことは何でもやろうと。俺はいつだって、クロエの味方だ」

「……うん。エーリヒ、ありがとう」

感極まって、その腕の中に飛び込む。

「この国に定住するかどうかは、まだわからない。でも王太子殿下とアリーシャ様の地位が不動になって、その計画が上手く軌道に乗るまでは、協力したいと思っているの」

「ああ、了解した」

エーリヒは力強く頷いてくれた。

「ただクロエが本当は移民ではなく、メルティガル侯爵家の娘であることは、伝えないほうがいいと思う」

「……うん。私も、魔力を持った移民の女性として、養女にしてもらうつもり。でも王城に行けば、父やキリフ殿下と会うこともあると思う。それが心配ね」

さすがに髪色を変えただけだ。

父やキリフは気付かなくても、周囲の人間の中には、クロエだとわかってしまう人もいるかもしれない。

どうすればいいかと悩むクロエに、エーリヒは言った。

「クロエの力を使えばいい」

「魔女の？」

「ああ。そうすれば、ふたりともクロエにはまったく気付かないだろう。おそらく今も、無意識に発動している」

「そうだったのね」

いくら面識がなくとも、アリーシャが王太子の異母弟の婚約者だったクロエにまったく気が付かなかったのは、それが原因だったのかと納得した。

エーリヒは自分のことなど誰も捜さないと言っていたが、実際には王女もまだ彼に執着していた。

さらにクロエの父は、自分の野望の弊害になると考えて、見つけ次第排除しようとしていたのだ。

クロエは、エーリヒが外出するたびに、見つからないようにと願いを込めて送り出していた。

それが、エーリヒを守ってくれたのだろう。

（よかった……）

この魔女の力があってよかった。

クロエは心からそう思った。


それからふたりは話し合い、移民としてのクロエの設定を作り上げた。

両親とともに他国から流れてきた移民の娘で、すでに両親は亡くなっている。

王城から逃れてきたエーリヒと出会い、彼の助言によって、自分に魔力があることを知った。

「こんな感じかな？」

本当の身元はもちろん、魔女であることも隠しておく。

さすがに魔女だと知られてしまったら、この国を出ることが難しくなってしまう。まだ他国への憧れもあるので、選択肢は残しておきたかった。

それにクロエ自身もまだ、自分の力を自由に使えない。

魔法も知識だけで、実践は皆無だ。

そんなクロエに、アリーシャは守護魔法などの魔法を教えてくれると言っていた。

今までは魔石しか作れなかったが、魔法ギルドでは学べなかった魔法を、一から勉強する良い機会かもしれない。

アリーシャに魔法を学び、自分の力を完全に制御できるようになること。

それも、目標のひとつだ。

「クロエ、本当に大丈夫か？」

マードレット公爵家の養女になってしまえば、過去にクロエを虐げてきた元婚約者のキリフや、父と顔を合わせることもあるかもしれない。

エーリヒは、それを心配してくれている。

「私なら大丈夫」

むしろ不誠実だったキリフと、クロエを虐げ、エーリヒを排除しようとした父を、このままにはしておけないと思う。

それでもあの王女のように、私情で魔女の力を使うつもりはない。

（人を傷つけたり、言うことを聞かせるために魔女の力を使ってはいけない。この力はとても強いものだからこそ、溺れないようにしないと）

最初に地味な嫌がらせをしてしまったのは、まだ自分が魔女だと知らなかった頃なので仕方がない。

「エーリヒこそ、大丈夫？」

「ああ、もちろんだ」

あの場所に、トラウマを抱えているのではないか。

それが心配で尋ねると、エーリヒは力強く言った。

「あの頃とは違う。今の俺は何があっても、クロエと一緒に生きる未来を諦めない」

「……うん」

エーリヒはもう、王女の人形などではない。クロエのパートナーで、恋人で、これからの人生を一緒に生きていくと約束した婚約者だ。

「ふたりで、頑張ろうね」

見張りもいなし、ここから逃げようと思えば可能かもしれない。

でもどんなに遠くに逃げても、きっと心から安心することはできない。

ずっと逃げ続ける人生を送ることになってしまうだろう。

それよりは、自分の居場所を確保するために、ふたりで戦うことを選んだ。

その意志をもう一度確認し合い、それから呼び鈴を鳴らしてアリーシャを呼んだ。

「先ほどの話、お受けしたいと思います」

エーリヒと手を取り合いながらそう告げると、アリーシャは心から安堵《あんど》したような顔をして、その場に座り込んでしまった。

「……ありがとう」

気丈に振舞っていたが、魔女である王女カサンドラ、そして彼女を操ろうとして動く勢力との戦いで、彼女もかなり疲弊していたのだろう。

だからこそ、移民として過ごしていたクロエにまで目を付けて、味方に取り込もうとしたのかもしれない。

「私の義妹になるからには、あなたのことは全力で守るわ。もちろん、エーリヒのことも」

「私達なら大丈夫です」

決意を込めてそう言ってくれたアリーシャに、クロエはエーリヒの手を握りながら笑顔でそう答える。

「自分達の力で、居場所を確保したいのです。それに私は、少しでもこの国が良くなることを願って、おふたりに協力することにしたのですから」

座り込んだままのアリーシャは、その言葉に決意を固めたように頷き、立ち上がった。

「私達も、理想のままで終わらないように、全力で頑張るわ」

アリーシャはギルドからの伝言を聞いたようで、体調を心配してくれた。

クロエは正直に、体調不良だと言ったのは、断るための口実だったと告げる。

「実は、スラムの子どもたちに会ってから、あの子たちのために何かできないかと思って。差し入れを持って、教会に行ったことがあるんです」

これから一緒に戦うのならば、隠し事はしたくないし、されたくない。

だからクロエは教会でアリーシャを見たこと、そのときの会話を聞いて、エーリヒを守るためにギルドを去るつもりだったと言った。

「……そうだったの。ごめんなさい。私が悪いわ。あのときの私は、魔法を使い続けて少し限界で。ジェスタ様のために、何とかしてあなた達を味方にしなくてはと、思い詰めていたの」

あのときの言葉を謝罪して、それを聞いたのに味方になってくれたことに、アリーシャは心から感謝してくれた。

「あの緊急依頼も、あなたたちのことを知りたかったから、私からギルドに依頼したの。本当は教会の子どもたちには、もう治療薬は届けられていたのよ」

「そうですか。それを聞いて、むしろ安心しました」

クロエたちを手に入れるために、教会の子どもたちが苦しんでいるのに放っておくような人ならば、信用できなかった。

すべてを打ち明けて謝罪してくれたアリーシャを、信じてみようと思う。

それから、これからのことを話し合った。

クロエはこのマードレット公爵家の養女になる。もちろん、当主であるアリーシャの両親も承知してくれているようだ。

「ふたりには、この屋敷で暮らしてもらうことになると思うの。部屋はたくさん空いているし、不自由はさせないつもりよ」

貴族の養女となれば、まだ結婚していない以上、エーリヒと同じ部屋では暮らせない。

それでも婚約者ということで、隣の部屋にしてくれたようだ。

アリーシャはさっそく侍女を呼んで、それぞれの部屋に案内してくれた。

（広い部屋ね……）

侯爵令嬢だったクロエの部屋と比べても、かなりの広さの部屋である。

今までエーリヒと一緒に小さな家で暮らしてきたから、少し寂しい気持ちもあるが、正式に結婚するまでの辛抱だ。

（もう夫婦のように一緒に暮らしてきたんだから、婚約者じゃなくても良い気がしたけれど……）

彼女の申し出を受けると答えたとき、そのことについても相談してみた。

だがアリーシャは、無効にされてしまう可能性があるから、きちんと貴族になってから結婚した方がいいと忠告してくれた。

移民と貴族の庶子の結婚など、貴族にとってはそんな扱いだろう。

アリーシャはこんな国を変えたいと言っていたし、クロエもそう思っている。

（忙しくなりそうね）

クロエは、これから暮らすことになる部屋を見回しながら、そんなことを考えた。

貴族令嬢として生きるのなら、学ばなくてはならないことはたくさんある。

幸いなことに、クロエはもともと侯爵令嬢だったので、マナーやダンスなどに関しては、予備知識がある状態だ。

それを、少しずつ覚えていったことにすればいい。

真剣に取り組まなくてはならないのは、魔法の勉強だろう。

そんなことを考えていると、さっそくアリーシャが部屋を訪ねてきた。

「ごめんなさい。時間が掛かってしまうから、まずドレスの採寸をしないと」

「あ、はい」

貴族令嬢になるからには、ドレスで過ごさなくてはならない。

今まで気楽な生活をしていただけに、少し窮屈に思うが、それでも採寸する侍女たちに抵抗を覚えなかったのは、クロエの記憶があるからだろう。

色々と採寸をしたあと、アリーシャはクロエが予想していた通りに、マナーやこの国の歴史などを学ぶ家庭教師をつけてくれると言った。

「色々と大変だと思うけれど、私も精一杯サポートするわ」

「大丈夫です。決めたのは私ですから」

それも、クロエとして生きてきた記憶があるから言えることかもしれない。

(さすがに最初から、何の予備知識もないまま貴族令嬢になるのは大変だからね)

少しずるいような気もするが、やはりクロエとして生きてきた人生が無駄にならなかったことは、嬉しく思う。

魔法も、アリーシャが自ら教えてくれるそうだ。

王太子の婚約者として、彼女も忙しい毎日を送っていると思うが、これだけは自分が教えたい。

それがクロエたちに対する誠意だと言ってくれた。

そして、夜になってからアリーシャの両親であるマードレット公爵夫妻と対面した。

どちらも金髪に白い肌と、典型的な貴族の外見をしていたが、ふたりとも誠実な人たちで、クロエを巻き込んでしまうことを謝罪してくれた。

形式的な養子縁組ではなく、本当の家族のように何でも頼ってほしいと言われ、横暴な父と、そんな父の言いなりだった母しか知らないクロエは、かえって戸惑ったくらいだ。

対面を終えて部屋に戻ったクロエは、訪ねてきてくれたエーリヒに、それを打ち明ける。

「ふたりとも、とても優しそうだったわ。この国の貴族にも、あんな人たちがいるのね」

今、この部屋にはクロエとエーリヒのふたりだけだ。

貴族令嬢になるとはいえ、着替えやお茶を淹《い》れたりするのもひとりでできるので、この屋敷の中では侍女の手は借りないことにしている。

だから気兼ねなく、ゆっくりと話すことができた。

「……マードレット公爵はかなりの切れ者だと聞いている。優しいだけの人ではないとは思うが」

そう言われて、たしかに信じすぎてしまうのも問題だと、気を引き締める。

「そうね。エーリヒの言う通りだわ」

華やかに見える貴族社会だが、実際は恐ろしい場所だということを、クロエもよく知っている。

そんな場所に自ら飛び込むのだから、少し疑い深いくらいがちょうど良いのだろう。

「エーリヒの方は大丈夫？」

「俺はとくにやることもない。一度、ギルドと向こうの家の様子を見てこようと思うが」

「あ、荷物なら私が全部持ってきたから大丈夫」

アイテムボックスに入れたままだったことを思い出して、それを告げた。

「でも家具はここでは使えないし、衣服は別のものを用意してもらったし、調理器具も必要ないから、このまましまっておくね」

「そうだな。いつかまた、使う日が来るだろうから」

彼は頷き、それから少し残念そうに、しばらくクロエの手料理は食べられないな、と呟《つぶや》いた。

「この屋敷にいる間は自由にしてもいいと言ってくれたから、たまには料理をさせてもらえないか、聞いてみる。私も、エーリヒのために料理をするのは好きだから」

「そうか。楽しみにしている」

嬉しそうに、そう言ってくれた。

もともとエーリヒは食が細いが、クロエが作ったものなら、何でも食べてくれる。

「それと、ギルドの様子は私も気になるけど、エーリヒが行くのは心配だわ。また騎士と遭遇するかもしれないし」

半壊したギルドと、騎士団に連れて行かれたサージェのことも気になる。

でもまだクロエが公爵家の養女になることも、そんなクロエとエーリヒが婚約したことも、公表されていない。

「クロエがそう言うなら、やめておくよ」

不安を訴えると、エーリヒはすぐにそう答えてくれた。

「たしかに行くにしても、もう少し時間を置いたほうがいいかもしれない」

「うん」

こうやってエーリヒは、クロエの不安を減らすように努力してくれている。

だからクロエも、エーリヒが安心してくれるように、しっかりしないといけない。

（きっと大丈夫。父や元婚約者に会っても、平然としていられる）

それは前世の記憶が蘇ったからというよりは、エーリヒと一緒に過ごしてきた日々のお陰だ。

地味だと蔑まれていたクロエを、綺麗だと。

あんな男には勿体《もったい》ないとまで、言ってくれたのだ。

その言葉を思い出せば、たとえ移民だと蔑まれても、まっすぐに前を向けるだろう。


それからは、貴族として生きるためと、魔法を学ぶための勉強に明け暮れた。

移民を貴族の養子にすることも、前例があったようで、思っていたよりもスムーズに手続きを終えることができた。

だが、これほどの大貴族では初めてのことらしく、やはり注目されてしまうのは仕方がないようだ。

「それでも、クロエを見たら文句なんか言えなくなると思うわ」

アリーシャはそう言って、うっとりとしたようにドレス姿のクロエを見つめる。

あれからひと月ほど経過して、クロエも貴族令嬢としての立ち居振る舞いが完璧にできるようになっていた。

「生粋の貴族令嬢みたいに洗練されているし、黒髪もとても綺麗。もしエーリヒが婚約者でなかったら、希望者が殺到したと思う」

そう言ってもらえるのは嬉しいが、生まれは間違いなく貴族だから、何だかズルをしているような気持ちになってしまう。

でもエーリヒの隣に立っても、誰にも文句を言われないようにするのがクロエの目標だった。だから公爵令嬢のアリーシャにそう言ってもらえるのは嬉しい。

(でも……)

クロエは隣にいるエーリヒを見上げて、思わず溜息をつく。

今まで騎士服や、冒険者として過ごしていた頃のラフな服装しか知らなかった。

でもこうして貴族の装いをしてみると、その整った容貌が際立って、どんなに自分を磨いても、敵《かな》わないのではないかと思ってしまう。

(そう考えると、常にエーリヒを傍に置いていた王女ってすごいわね……。よほど自分に自信があったのかしら……)

そんなエーリヒは、クロエを見て複雑そうだ。

「クロエが綺麗なのは知っている。でもクロエは俺のものだ」

そんな言葉で独占欲を出されてしまえば、いつまでも自信がないとは言っていられない。

「もちろんよ。それにエーリヒだって私の婚約者だから、誰にも渡さないからね」

そんなことを言って抱き合うふたりから、アリーシャは少し頬を染めて視線を逸《そ》らす。

「相変わらず仲が良いわね。昔のエーリヒしか知らない人が見たら、きっと驚くわ」

今のエーリヒを見て、もう王女の人形だと言う者はいないだろう。

アリーシャはそう言ってくれた。

彼女も婚約者である王太子のことがとても好きらしいが、立場もあり、あまり自分の気持ちを表には出せないらしい。

彼女には魔力はないのに、それでも魔術師となって他国に留学して学ぶくらい、王太子のことが大切なのだ。その気持ちを相手に伝えることは大切だからと、ふたりだけのときは、言葉にして伝えるように言ってみた。

すると、この国を良くするための協力者でしかないのだからと、互いに相手に対する気持ちを抑え込んでいたことがわかったようだ。

それからは相思相愛の婚約者として、以前よりもずっと深い話をできるようになったと喜んでいた。

(その王太子殿下にも会ったわ)

マードレット公爵家の養女としてのお披露目はまだだが、アリーシャの婚約者である王太子のジェスタとも対面した。

母親が違うからか、キリフとはあまり似ておらず、真面目で誠実そうな人だった。

クロエやエーリヒを巻き込んでしまったことを詫《わ》びてくれて、ふたりの自由を奪うようなことはないと約束してくれた。もし貴族社会が耐えられなかったら、いつでも解放すると。

（それも、私が魔導師だと思っているからだよね。もし魔女だと知られてしまったら、そうは言ってくれなかったかもしれない）

あらためて、魔女の力に目覚めたのが、エーリヒと再会したあとでよかったと思う。

あの後のギルドの様子も、先日、公爵家を訪れたトリッドが教えてくれた。

彼はアリーシャの命を受けて、スラムや町の様子などを事細やかに報告しているらしい。アリーシャが町に出るときは、護衛も務めているようだ。

ギルドを半壊させ、町中で攻撃魔法を放ったサージェは、やはりギルド員を解雇され、国籍も取り上げられてしまったらしい。

このまま貴族に使い潰される未来もあり得たのだから、まだ運が良かったのだ。

どれだけ実績を積んでも、もう国籍を取得することはできないが、この国では珍しい魔導師なのだ。真摯に仕事に取り組めば、まともな生活は送れるだろう。

「だがあいつのような、プライドが高くて自分が特別だと思っている人間には、難しいだろう。身を持ち崩す可能性が高い。住む世界が違うから会うことはないだろうと思うが、逆恨みには気を付けた方がいい」

トリッドにそう忠告され、彼の言う通りだと頷いた。

会うことはないと思いたいが、魔導師ということに目を付け、利用しようと近付く貴族もいるかもしれない。

「来月、王城で夜会が開かれるの。そこで、あなたのお披露目をしようと思っているわ」

抱き合うクロエとエーリヒから視線を逸らしていたアリーシャが、そう告げる。

「はい。わかりました」

もう覚悟はできている。

クロエはしっかりとアリーシャの目を見て頷いた。

この日のために、彼女に守護魔法を学んで、それをしっかりと実行できるようになっている。

クロエにとってこの一ヵ月は、貴族令嬢としての立ち居振る舞いを学ぶというよりも、この守護魔法を完璧にするために費やした時間だった。

そうでなければ、エーリヒを王城に連れて行くことはできない。

「私の義妹が、異国人で魔導師であることは皆知っていると思うけれど、もう決まっているという婚約者がエーリヒであることは、誰も知らないわ。この私の義妹と婚約者に表立って絡む者はいないと思うけれど、何かあったら私に言ってね」

「はい、お義姉《ねえ》さま」

クロエは淑《しと》やかに笑ってみせた。

エーリヒが言っていたように、アリーシャの父であるマードレット公爵家は、かなり力を持っているようだ。

それはカサンドラの母を側妃に迎える際に、多額の支度金を用意する必要があり、そのお金を王家がマードレット公爵家から借りたことにも関連していた。

カサンドラの母は強い魔力を持って生まれ、その嫁ぎ先を巡って、かなりの争奪戦が起きていたようだ。それを、支度金という名目でお金を積んで、この国の国王陛下が勝ち取った。

だから国王も、いくら可愛《かわい》い王女の希望とはいえ、マードレット公爵家に喧嘩《けんか》を売るような行為は認めないだろう。

この立場と守護魔法で、クロエもエーリヒも守られている。

あとは、王太子とアリーシャの懐刀としての役目を果たすだけだ。


そうして、いよいよ夜会の日。

クロエはエーリヒの瞳の色である真っ青なブルーのドレスを着ている。

髪飾りや装飾品は、もちろん銀色である。

どちらも最高級のもので、クロエを美しく彩っていた。

上品で大人っぽいデザインのドレスは、侯爵令嬢だった頃には縁のなかったものだ。

王太子とアリーシャのあとに、エーリヒに手を取られて会場に入ることになっている。

（ああ、でもやっぱり緊張してしまう……）

控室で待っている間、緊張から深呼吸を繰り返すクロエの手を、エーリヒはしっかりと握ってくれた。

「俺も少し、緊張している。こんな夜会に正式に参加するのは初めてだ。でもクロエと一緒なら、きっと大丈夫だ」

「……うん。私も」

互いにしっかりと手を握り合って、気持ちを落ち着かせた。

そろそろ出番だろう。

会場中の人たちが注目する中、クロエはエーリヒのエスコートで、夜会の会場に足を踏み入れた。

（キリフ殿下もいるようね）

あの日、美しい恋人を腕に抱きながら、クロエを蔑んだ元婚約者は、今夜はひとりのようだ。

（そういえば、あの令嬢はどうしたのかしら？）

周囲を見渡してみても、それらしき人はいないようだ。

キリフが脱ぎやすい靴を履いているのは、もしかしたらクロエの魔法の影響かもしれない。

父であるメルティガル侯爵もいる。

エーリヒを見て苦々しい顔をしているが、娘であるクロエに気付いた様子はない。

そして。

「エーリヒ？」

可愛らしい女性の声がした。

顔を向けると、豪奢《ごうしゃ》なドレスを着たカサンドラが、エーリヒを見て駆け寄ってきた。

「今までどこにいたの？　その女は何？」

夜会という正式な場で、アリーシャが紹介する前にそんなことを言ったカサンドラに、注目が集まる。けれどそんな視線さえ顧みず、カサンドラはエーリヒに詰め寄る。

「勝手にいなくなるなんて。私から逃げられると……」

そうまくしたてるカサンドラに、エーリヒはクロエですらぞっとするほど冷たい視線を向ける。

「……エーリヒ?」

さすがの王女も、殺気すら感じるような鋭さで一瞥《いちべつ》されて、怯えたように後退した。

魔女の力を有していても、彼女自身はか弱い王女でしかない。

呆然《ぼうぜん》とした様子で名前を呼ぶ声にはまったく答えず、エーリヒはクロエに向き直った。

「行こうか」

「う、うん」

愛《いと》しさを隠そうともしない、柔らかな笑みを向けられて、見慣れているはずのクロエでさえ、動揺してしまう。

「エーリヒ?　どうして、そんな顔で……」

それが信じられない様子で、呆然と呟いている。

差し出されたエーリヒの手を握りながら、クロエは王女の方は見ないようにして、会場の内部に移動した。

国王の指示なのか、近衛騎士が駆け寄ってきて、放心したままの王女を連れ出していく。我に返って暴走する前に、移動させたのだろう。

（あれが、王女カサンドラ……）

一度、彼女らしき姿を夢で見たことがある。

あのときは、周囲の人たちも彼女に怯え、ただ我慢してやり過ごすしかないといった感じだった。

けれど今のカサンドラは、エーリヒに詰め寄り、拒絶されて、どうしたらいいかわからずに狼狽《うろた》えていた。

王太子とアリーシャの最初の目的は、こうして大勢の前で、カサンドラは恐ろしい魔女ではなく、ただのわがままな子どものようなものだと知らしめることかもしれない。

それからクロエとエーリヒは、アリーシャに連れられて国王と対面したあと、マードレット公爵家と親交の深い人たちに挨拶をしていく。

エーリヒが言っていたように表立ってマードレット公爵家に敵対する者はなく、クロエの黒髪を美しいと褒める人もいたくらいだ。

たしかにこうしていると、金髪ばかりの人たちの中で、クロエの黒髪はとても目立っている。

異質な自分を受け入れる者と、表向きは歓迎しながらも、思うところがあるような者。

そして最初から、遠巻きに見ている者たち。

様々な視線を受けながら、クロエはエーリヒに手を取られて歩いていく。

（まさか、またここに戻ってくるなんて思わなかったな）

王城の夜会で婚約破棄をされて、逃げ出した。それから魔法の力に目覚め、エーリヒと再会し、彼に恋をした。

（最初はそのまま国を出て、自由に生きようと思っていた。でも……）

こうして別人となって、王城に戻ってきている。

けれど以前と違って、すべて自分の意志で決めたことだ。

きっとこれからも、自分で決めた人生を歩んでいく。

でも、クロエがこの先どんな人生を選んだとしても、エーリヒが必ず傍にいてくれるだろう。

クロエは立ち止まり、隣に立つエーリヒを見上げて微笑んだ。

あとがき

こんにちは。櫻井《さくらい》みことです。

この度は、『婚約破棄されたので、好きにすることにした。』をお手に取っていただき、ありがとうございました。

皆さまのお陰で、こうしてレーベルで三冊目を出していただくことができました。

本当にありがとうございます。

この小説もネットで連載をさせていただいたものですが、実はかなり難航しまして、何度もプロットを練り直しました。

一時はもう、この物語を完結させることができないのではないかと思ったほどでした。

初投稿から、無事に第一部完結するまで、何と三年もかかっております。

書けなくて更新が途絶えていても、読んでくださる方がいらっしゃって、とても励みになりました。そのお陰で、ここまで書き続けることができました。ありがとうございました。

その小説が、書籍化、コミカライズしていただけるなんて、あの頃は思いもしませんでした。本当にありがたく、諦めずに書き続けてよかったです。

こうして素晴らしい書籍にしていただいて、皆さまにお届けすることができて幸せです。

今作のイラストは、コミカライズと同じく砂糖《さとう》まつ先生です。

コミカライズが先行して連載されておりますので、そちらから見ていただけた方も多いのではないかと思います。

このコミカライズが本当に素晴らしくて、ラフをいただく度にクロエがとても可愛くて尊くて、身悶えしております。

背景など細部まで丁寧に描いていただいて、服装とかも可愛らしく、最高です！

おまけ漫画もふたりの日常シーンなど満載で、とても可愛いです。

ぜひ、漫画アプリ「Ｐａｌｃｙ」もしくは「ｐｉｘｉｖコミック」でご覧ください。

もう一度言わせてください。

最高です！

ラフ画のクロエとエーリヒに惚れ込んで、書籍のイラストもお願いできないかと頼み込んでしまったほどです。

どれもクロエが可愛くて、そしてエーリヒがイケメンで、見るたびにうっとりとしております。

砂糖まつ先生、コミカライズ連載でお忙しい中、書籍のイラストも手掛けていただき、ありがとうございました。

ネット版では第一部完結になっておりますので、第二部、「王城陰謀編」も連載する予定です。

この本が発売される頃には、連載再開している（希望）かと思います。

『移民のクロエ』として王城に戻ったクロエ。

娘だとわからずに、取り込もうとする父との再会。

元婚約者の動向。

そして王女と再会したエーリヒが、クロエとふたりでどう戦っていくか。幸せな未来を迎えられるかどうか、見届けていただければ幸いです

そして今回も大変お世話になりました、編集者様。

お忙しい中、色々とご指導をいただき、とても勉強になりました。

ありがとうございました!

これからも、どうぞよろしくお願いいたします。


最後に、なかなか更新しない小説を読んでくださった皆さま。

コミカライズを見て、興味を持ってくださった皆さま。

皆さまのお陰で、ここまで辿り着くことができました。

ありがとうございました。

これからも精一杯頑張ります。

またお会いできますように。

櫻井みこと

コミカライズの作画を担当している砂糖まつです！

小説のイラストも描かせて頂きました。元々小説のイラスト、キャラデザは私が担当する予定ではなかったので、お声がけいただいた時、嬉し過ぎて迷わず是非やらせてください！とお返事しました。キャラデザは作品を作る工程の中で大好きな作業なので、本当に楽しかったです。

原作を初めて読んだ時、私はまだ通いのアシスタントをしていたので、電車の中でニヤニヤしながら読んでいました。初めてマスク社会に感謝した瞬間です。そのくらいクロエとエーリヒのやり取りは可愛くて癒しです。

第何章の何行とか描きたいですが、ネタバレになってしまいそうなので、心に秘めておこうと思います。これからそのシーンを漫画にしていくのが待ち遠しいです。

櫻井先生、担当様、編集部の方々、母校の先生、この作品に出会わせてくれてありがとうございます!!

砂糖まつ

Kラノベブックスf

婚約破棄《こんやくはき》されたので、好《す》きにすることにした。

櫻井《さくらい》みこと

2024年2月28日第1刷発行

発行者	森田浩章
発行所	株式会社 講談社 〒112-8001　東京都文京区音羽2-12-21
電　話	出版　(03)5395-3715 販売　(03)5395-3605 業務　(03)5395-3603
デザイン	フクシマナオ（ムシカゴグラフィクス）
本文データ制作	講談社デジタル製作
印刷所	株式会社KPSプロダクツ
製本所	株式会社フォーネット社

KODANSHA

ISBN978-4-06-535127-7　N.D.C.913　286p　19cm
定価はカバーに表示してあります

ファンレター、
作品のご感想を
お待ちしています。

あて先
〒112-8001　東京都文京区音羽2-12-21
(株) 講談社　ライトノベル出版部 気付
「櫻井みこと先生」係
「砂糖まつ先生」係

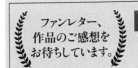

『婚約破棄されたので、好きにすることにした。』
漫画／砂糖まつ
原作／櫻井みこと
好評連載中!!!!!!

私を召喚したイジワル魔導師（無駄に美形な）に、
いつのまにか溺愛されているのですが!?
［漫画］薊マスラオ
［原作］櫻井みこと
［キャラクター原案］samo*cha
コミカライズ好評連載中！